Kushige & Ren
「守護者がいだく破邪の光」

「動かないで」
見えないラインを追うように、指でゆっくりと首筋から鎖骨まで辿られた。軽いくすぐったさに身じろぐと、凛とした声音で叱咤される。息をするのも気が引ける中、ふと弟の指が肌を伝っているのかと意識したら、非常に居心地が悪くなってきた。（本文P. 77より）

Chara

# 守護者がいだく破邪の光

守護者がめざめる逢魔が時5

神奈木 智

キャラ文庫

この作品はフィクションです。
実在の人物・団体・事件などにはいっさい関係ありません。

# 目次

口絵・本文イラスト／みずかねりょう

それは、兄の遺品整理から始まった。

私と兄は年が離れており、生前はそんなに親交がなかった。しかし、岡山《おかやま》の実家から東京《とうきょう》に出てきている身内が私だけだったので、わざわざ葬式に参列してくれた兄の元同僚のＡさんから「ぜひに」と頼まれてしまったのだ。あまり気乗りはしなかったが、思えば何も妹らしいことをしてこなかったので、これも供養の一環だと自分へ言い聞かせて引き受けた。

兄の勤め先は、映像制作の弱小プロダクションだ。東京へ戻った三日後、私は教えられた新《しん》宿《じゅく》の古い雑居ビルを訪れたが、事務所に入った瞬間、早くも後悔した。

兄が怪しげなビデオ作品を制作している、というのは何となく耳に入っていた。だから、私はてっきりＡＶ関係ではないかと身構えていたのだが、実際はもっと悪かった。私がもっとも苦手とする、心霊やオカルト実録系の番組だったのだ。

「いやぁ、雄《ゆう》ちゃんに妹がいたなんてねぇ。しかも、こんな美人の」

Ａさんが私を紹介すると、元同僚だった方たちがからりと笑う。そこには、お化けや幽霊を飯の種にしている薄暗さなど微塵《みじん》もなかった。ごく普通の気さくで話し好きな人々。きっと、兄もこんな感じで楽しげに働いていたのだろう。そういえば、お小遣いを貯めてハンディカムを買った時は近所の野良猫を熱心に追い掛け回していたなぁ、なんて思い出した。

「私物と言っても、ほとんどは消耗品なんだ。泊まり込みの作業も多かったしね」

「そんなに激務だったんですか？」

「う～ん。まぁ、それもあるけど……」

含んだような物言いをして、Aさんはわざとらしく眉《まゆ》をへの字に曲げる。兄が使用していたというデスクの上は本や書類やファイルが乱雑に積み重なり、隙間《すきま》からは得体の知れないお札の束と不気味なマスコット人形がはみ出していた。

「うちは、オカルトやホラーが専門だからさ。真夜中の撮影や取材がメインなんだよね。一般からの投稿を元に再現ドラマ作る時も、夜じゃなきゃ雰囲気出ないでしょ？」

「はぁ……」

「雄ちゃん、死ぬ少し前に企画からまるまる一本任されてねぇ。初めてだって、ずいぶん張り切ってたんだけど、結局お蔵入りになっちゃってガッカリしていたなぁ」

「お蔵入り？　どうしてですか？」

事務所内の空気が、私の言葉でさっと変化した。談笑していた人たちは話を止《や》め、Aさんの笑みが不自然に引き攣《つ》る。目が泳ぐ、というのは、きっとこういう表情を言うんだろう。

「死人が出たんだよね」

「え？」

ぼそり、と不吉な呟《つぶや》きがAさんから漏《も》れた。

「主演女優、ってこの場合言っていいのかわかんないけど、その子が死んじゃったんだ」

「事故でもあったんですか」

「う～ん、それがよくわかんないんだわ」

顔を曇らせる様は、どこか芝居がかっても見える。

私は急速に居心地の悪さを覚え、この違和感は何だろうと胸をざわつかせた。

「彼女、公衆電話のボックス内で倒れているところを発見されたんだけど、もうこと切れていたらしい。事故か自殺かはたまた犯罪か、詳細は謎のまんま。ただ、死因は心筋梗塞《こうそく》って聞いてたけど、どうも違うらしいんだな。実際は、窒息死だって噂《うわさ》があるんだよね」

「窒息……って……」

反射的に、兄の最期が脳裏を過《よぎ》った。いや、私だけでなくAさんを始めとするその場の人間は皆同じだったはずだ。その証拠に彼は意味ありげな視線を同僚たちに走らせ、相手もまた軽く頷《うなず》き返している。私はますます不快になり、今すぐここを出て行きたくなった。

「そうなんだよ。彼女、雄ちゃんと同じなんだ」

たっぷり間を置いてから、Aさんはゆっくりと切り出した。

「その子、池本麻理子《いけもとまりこ》って名前なんだけど、雄ちゃんより一ヶ月前に亡くなったんだよね。しかも、死んでたのはロケ先だったY県。東京のアングラ劇団に所属してるって話だったし、何でまたY県なんかで死んでたのかさっぱりわからない。もちろん、撮影はとっくに終了していたしね。うちとしても社内でさんざん話し合って、雄ちゃんは絶対リリースすべきだ、女優として彼女へのはなむけにもなる、なんて強引な理屈並べて頑張ったけど……役はやらせの霊能力者、要するにフェイクドキュメントだからさ。自慢にはならないだろ。で、最終的にはお蔵入りになったってわけ。もともとオムニバス形式の中の一本だったし、外して編集しようってことでまとまって……雄ちゃん、めちゃくちゃ悔しがってたなぁ」

話の途中から熱が入り、どんどん早口になっていく。遺族である私の手前、神妙な態度を保とうとしているけれど、主演女優とディレクターの二人が立て続けに同じ死に方をしたのだ。心霊番組の制作サイドとしては、最高のお膳立てだろう。

私は、ようやく違和感の正体に気づいた。

Aさんは、兄の元同僚として悼《いた》んでくれていたわけじゃない。岡山まで遠路はるばる線香をあげにきた本当の目的は、己の商売っ気をごまかすのと、私を事務所へ呼んで兄の遺作を発売したいと申し出るためだったのだ。

多分、煽《あお》り文句には安っぽくこう書かれるのだろう。

呪《のろ》われたビデオ。

次々と関わった人間が謎の死を遂げる——。

「残念ながら短編もいいところだから、ダウンロード販売にしようと思うんだ」

目的がはっきりした途端、Aさんの口調がビジネスライクになった。

「作品の著作権は会社のものだから、勝手に販売しても法的な問題はない。だけど、それじゃこっちも後味が悪いしさ。雄ちゃんの身内に、断りを入れるのが筋だと思ったんだよ。何より、ビデオのリリースは雄ちゃんが一番望んでいるはずだし」

「そのビデオ、観せていただいてもいいですか」

「え？」

「兄の遺作になるわけだし、先に目を通したいんですけど」

「いや、でも編集が粗くて完成品とは言い難い……」

「構いません。お願いします。もちろん、内容については決して口外しませんから」

「いやぁ……」

突拍子もない申し出に、Aさんは面食らっている。正直、自分でも何故そんなことを口走ったのかよくわからなかった。ただ、何となく言われるままに頷くのは癪《しゃく》だったのだ。

彼らは悪い人たちではない。けれど、兄の死を商品の話題作りに利用しようという下心はもう少し上手に隠してほしかった。

「いいじゃないですか、ちらっと観せるくらい。お兄さんの仕事がどんなものだったか、妹さんだって知りたいだろうし。雄ちゃんも、きっと喜んでくれますよ」

同僚の一人がそう言ってくれて、Aさんも渋々納得する。本当は、部外者に観せていいものではないのだろう。発売前の未編集ビデオなんだから、それも当然だ。

彼らが準備してくれている間に、私は手早く兄の遺品をまとめることにした。ほとんどは持ち帰るほどの貴重品ではなかったが、先ほど本の隙間から見えたお札が何となく気にかかる。引っ張り出してみると、紙製の紐《ひも》で括《くく》られた札は全部で七枚あった。いずれも象形文字のようなものが朱で書き込まれていて、端が黒ずんでいたり文字の一部が消えていたりする。

「何これ……」

「お待たせしました。どうぞ、こっちに座ってください。今、画像出しますんで」

「あ、はい」

撮影の小道具だったのかな、と深く考えずに札を机に放りだし、私は促されるまま応接セットの方へ向かった。大型テレビの前にAさんと並んで腰かけると、合皮のソファから煙草《たばこ》と微《かす》かな整髪料の匂いが鼻をつく。きっと、皆ここで仮眠を取ったりするんだろう。

兄も、ここで寝たりテレビを観たりしていたのかな。

そんなことを考えていたら、青かった画面がいきなり真っ暗になった。

『私……乗りたくありません……』

震える女の声が、流れてくる。語尾が掠《かす》れ、怯《おび》えきっているのがわかった。忙《せわ》しない足音と兄の『え?』と訊《き》き返す声。彼女の背後には古びたバスが停まっていて、ライトが容赦なく浴びせられていた。飛び交う羽虫と一緒に浮かび上がるのは三十前後の痩《や》せた女性で、ストンとした飾り気のないワンピースを身体に纏《まと》っている。

『乗りたくありません。だって……』

何だろう。見ているだけで、どろりと不安が湧《わ》いてきた。

この人、本気で怖がっている。血の気のない唇は、瀕死《ひんし》の金魚みたいにぱくぱくしていた。

「彼女が、主演の池本麻理子だよ」

Ａさんが、画面から目を離さずに言った。

「Ｙ県の路線バスに起こる怪異、その真相を暴くために女霊能者が乗り込んでいく……ってのが雄ちゃんの書いた筋書きだったんだ。そのロケ映像なんだよ」

「え。じゃあ、これはお芝居なんですね。良かった、私てっきり」

「そうじゃないんだ」

胸を撫《な》で下ろしかけた私へ、Ａさんがニヤニヤ笑う。

『嫌よ！　絶対に乗らないわ！　嫌だ！』

「見ろよ、この形相。芝居なんかであるもんか。彼女は、心の底から怯えていた。でも、雄ちゃんは迫真の演技だと思ったんだ。撮影を続行し、嫌がる彼女にバスへ乗るよう促した」

「Ａ……さん……？」

「不思議なもんだよなぁ。今、画面に映っている彼女も、それを撮影している雄ちゃんも、もうどっちも死んでるんだもんなぁ。それも、似たような死に方をしてさ」

何とも答えようがなく、私は彼から目を逸《そ》らした。ずいぶん不謹慎な物言いだ、と思ったけれど、それを口にしたところで気まずくなるだけだ。

『私にしか視《み》えないの……』

画面の中で、池本麻理子が呆然《ぼうぜん》と呟いた。

『運転席の周りに、たくさん人がいる。うじゃうじゃ、皆おかしな形をしているの』

「おかしな形……?」

語彙《ごい》の少ない子どもじみた説明が、逆に薄気味悪く聞こえる。おかしな形。一体、彼女は何を視ているんだろう。そう思った次の瞬間、カメラが運転席へ移動した。

「ひ……ッ」

思わず、息が詰まりかけた。

あれは人間……だろうか。半透明の影が、フロントガラスに幾つも張り付いている。

頭が不自然に大きな者、右腕が肘《ひじ》から二つに分かれている者、顔の真ん中からぱっくり割れている者。池本麻理子が言ったように、『おかしな形』をした連中だ。

そうして、全員が池本麻理子を見つめていた。

蒼白《そうはく》な顔色で震える彼女を、眼球のない無数の穴が見据《みす》えている。

「な……んなんですか、あれ……」

「あれって?」

声を上ずらせる私へ、Aさんが訝《いぶか》しそうに訊き返した。

「運転席には誰もいないよ。池本麻理子が騒いでるだけだ」

「何、言ってるんですか。化け物みたいな影が、たくさん群がってるじゃないですか」

「おいおい、ちゃんと見てごらん。そんな安っぽい演出はやらないよ。お化け屋敷じゃあるまいし。俺たちはね、こういう絵面にうっすら女の顔とかはめ込むんだよ。陰気で長い黒髪の、いかにもって感じのをさ。でも、このビデオは未編集だから……」

「だって……」

「勘弁してよ。君まで、池本麻理子みたいなこと言い出さないでほしいなぁ」

くっく、とAさんが喉《のど》を震わせる。奇妙な反応に、私は（もしや）と勘繰った。ひょっとしたら、ここにいる全員が示し合わせて私を担いでいるんじゃないか、と。

そうだとしたら、こんなあくどい悪戯《いたずら》はない。私は猛烈な怒りを感じたが、一方でそんなバカな、という思いも捨てきれなかった。第一、私をからかってどんなメリットがあると言うのだ。元同僚の遺族を不愉快にさせて、良いことなんか一つもない。

『あっ』

画面から、緊迫した声が飛び出した。

私は、ハッとしてそちらを見る。

『誰かが、足首を摑《つか》みました……』

池本麻理子だ。無理やりバスに乗車させられた彼女は、シートの背もたれへ倒れ込むようにしがみついていた。骨ばった指は強張り、力を入れすぎて白くなっている。

でも、そんなのは些末《さまつ》な問題だ。私は今度こそ声を失くし、反射的に口元を両手で覆う。

前屈《かが》みでシートに凭《もた》れかかる、痩せ細った池本麻理子。

ワンピースの裾から尖《とが》ったくるぶしが露《あら》わになり、私の目はそこに釘づけになる。

「な……何、あれ……」

シートの下は狭く、およそ人が潜れる余裕などない。それなのに、人がいた。両腕をにょっきりと伸ばし、池本麻理子の足首を摑んでいる。ぼろぼろの袖《そで》から覗《のぞ》ける腕は蠟《ろう》のように青白く、肥えた蛆《うじ》が何匹もいやらしく這《は》い回っていた。

「…………」

ビデオを止めて、とAさんに言おうとした。けれど、声はひゅうひゅうと意味のない音になるばかりだ。池本麻理子は恐怖に身を竦《すく》め、振りほどくこともできないでいる。

「どうだい、何もないのに迫真の表情だろ？　惜しいよなぁ、死んじゃうなんてなぁ」

隣で、Aさんが囃《はや》し立てるような口を利いた。何もないって、と私は耳を疑う。あんな気持ちの悪いものがいたら、誰だって彼女のように怯えるに決まっている。

それとも、とゾッと総毛だった。

もしかして、あれは私にしか視えないいんだろうか。

「あ、あの、Aさ……」

足首を摑んだまま、ずる、と何かが出てきた。

真っ黒な頭が見える。後頭部が不自然にへこんで、一部は熟れた柘榴《ざくろ》のように抉《えぐ》れていた。

池本麻理子はわなわなと目を見張り、己の足元を凝視する。血走った眼球に狂気の色が滲《にじ》み、彼女がどんな恐ろしいものを視ているのか知るのが怖かった。

――と。

半分抉れた頭が、ぎこちなくカメラを振り返り始めた。

ギギギ。ギギギ。

油の差してない機械のように、首の軋《きし》む音が不快に響く。

「と……止めて……」

「いやいや、この後が見ものなんだって。何しろ、彼女の足首にくっきりと痣《あざ》が……」

「止めないと、こっちを見ちゃう！　あれが、こっちを見ちゃう！」

ギギギ。ギギギ。

眼球のない眼窩《がんか》が、徐々に視点を定めてきた。そう、私にだ。画面にノイズが走るごとに、あれの顔が正面を向いてくる。気づかれる。ここに、私がいることに気づかれてしまう。

「消して！　ビデオを消して！」

ヒステリックに泣き叫ぶ私の背中を、Ａさんが何度か擦《さす》った。金縛りに遭ったように、身体はピクリとも動かない。彼の触れた箇所がじっとり湿り、生臭い異臭が鼻をついた。Ａさんは血まみれの手のひらをひらひらさせ、「どうしたの」と笑っている。
ギギギ。ギギギ。
「ほぉら、よく見てごらんよ。ここからが、凄《すご》いんだから」
指先から血を滴らせ、Ａさんが画面を指さした。
あちらから、あれが私を見つける。
目が合った。
腐って爛《ただ》れた唇が、ニィイと歓喜の笑みを刻む。
『私にしか……視えない……』
池本麻理子の視たものが、視界いっぱいに広がった。

# 1

白の和装で正座をし、身じろぎもせずに西四辻尊《にしよつつじたける》は瞑想《めいそう》を続けている。

十月になり秋もだいぶ深まった最近は、落ち葉の降る音が唯一の慰めだ。窓のない、人一人でいっぱいな空間には霊媒師《れいばいし》である自分の霊力に惹《ひ》き寄せられて様々な雑霊が集まるけれど、求めている情報を得るにはまだ不十分だった。

祟《たた》り巫女《みこ》の赤子は、一度死んでから息を吹き返した。

弔《とむら》いもされず打ち捨てられた土中から、何者かに掘り返されて密《ひそ》かに育てられたのだ。

（月夜野《つきよの》さん……）

昏睡《こんすい》状態にある月夜野を霊視し、その魂から伝えられたのは衝撃的な事実だった。失敗した前回の呪詛《じゅそ》返しの際、そのことを知っていたら……今更悔やんでも遅いが、尊は責任を感じている。己の未熟さが真実を見誤ったと思うと、恥ずかしくてならなかった。

西四辻家本家の跡取りとして、今度こそ挽回《ばんかい》しなくてはならない。

それは、分家の従兄弟《いとこ》である西四辻煉《れん》への矜持《きょうじ》でもあった。彼は自分よりよほど優秀な霊能力者で、西四辻家が本来得意とする退魔の才能がずば抜けている。

(それなのに、煉は僕をたててくれている。だから、頑張らなくちゃいけないんだ)

ムダダヨ。

耳元や頭上、床からヒソヒソ囁《ささや》きが聞こえてくる。時には髪を引っ張ったり、いきなり壁を叩《たた》いてからかったりもする。雑霊の悪戯に惑わされないよう、心を強く持たなくては。そうして、赤子の行く末や祟り巫女について正しい情報を引き出すんだ。

冷たさを増してきた空気も空腹も、辛《つら》くはなかった。修行の時に何度も経験しているし、肉体を追い詰めることで精神はより研ぎ澄まされていく。ここで頑張れなかったら、何のために自分が呪詛返しに巻き込まれたのかわからない。きっと、ここで為《な》すべき役目があるはずだ。それを全うし、皆でもう一度笑い合える時を迎えたら何かが変わるかもしれなかった。

「——無駄なんかじゃない」

あらゆる雑霊に囲まれながら、尊は目を閉じて心を澄ませる。

御影《みかげ》神社の敷地内にひっそりと位置するお堂に籠《こ》もり、今日で三日目を迎えていた。

「今回は正真正銘、俺にとって初めての反逆になる」

重々しい口調でそう宣言する煉に、櫛笥早月《くしげさつき》は悪いと思いつつ吹き出してしまった。

「反逆って……煉くんも、大袈裟《おおげさ》だなぁ」

「はっ。成り上がりは黙ってろ。流派を興してたかだか数百年の櫛笥家にゃ、わかんねぇよ」

中学二年の少年が、一回り以上も年上の青年を「成り上がり」と見下す。その構図は一見奇妙だが、二人の間では何度となく交わされた会話でもあった。櫛笥も特に気に障った様子はなく、はいはいと笑みを引っ込める。

「とにかく、この扉をぶち破って尊を今すぐ止める。邪魔するなって言われたって、こればかりは聞いてやれねぇ。あいつ、三日もろくに食わずに籠もってるんだ」

「でもね、煉くん」

「うるせぇ。これ以上ガタガタ説教するなら調伏《ちょうぶく》すんぞ」

「僕は悪霊ですか……」

ひどい言い様だ、とさすがにげっそりする。

煉の少年らしい潔癖さは美徳だと思うが、その矛先が必ず自分へ向けられるのは困ったものだった。櫛笥がイケメン霊能力者としてタレント活動を行っていることや、そのせいで世の女性たちに華やかな美貌《びぼう》を持て囃されることが余程気に食わないらしい。

「あいつは、祟り巫女の赤ん坊が生きていたって、かなりショックを受けてたからな。多分、その確信を掴みたいんだ。月夜野を霊視しても、これ以上の情報は出ないだろうし」

「確信って、どうやって？　まさか、片っ端から召鬼《しょうき》を行ってるんじゃないだろうね？」

召鬼とは、霊を自分の身に降ろす術を言う。だが、祟り巫女に関する情報を死霊から集めるのはそう簡単なことではないはずだ。

「責任感じてんだよ。自分の降霊が間違ってたせいで、呪詛返しが失敗したって」

「……そういうわけか」

尊が自分を責めていると知って、櫛笥は心から同情した。

狡猾《こうかつ》な死霊たちは時に悪意に満ち、生者をいたぶり翻弄《ほんろう》する。その見極めは難しく、どんなに優秀な霊能力者でも百パーセントの霊視など不可能に近い。

「おまえのせいじゃないって、俺は何度も言ったんだけど」

霊媒師の才能がからきしない己を責めるように、煉が深々と溜《た》め息《いき》をついた。本来、そういうサポート的な役目は分家の人間が担うべきだからだ。しかし彼には霊媒師としての才能がなく、尊の力になれないことが悔しくて仕方がない。

「西四辻家の本家を支えるのが、俺たち分家の仕事なのに……くそっ」

そう言って嘆く煉は、生まれ落ちた瞬間から仕えるべき主を持っていた。それが尊だ。

だが、西四辻煉はその宿命を縛りとは考えていない。裏の陰陽《おんみょう》道《どう》と呼ばれ、平安時代には時の帝《みかど》にも仕えた一族の次期当主に一番近い存在でいられるのだ。これ以上の名誉はない。

そんなわけで、血族に誇りを持つ煉にとって主の西四辻尊は絶対だった。尊より大事なものはないし、守るためなら己自身の危険も厭《いと》わない。いや、死んだって本望なくらいだ。そもそも、いくら従兄弟同士でも本家の彼と分家の自分では格が違う。尊が嫌がるので口にはあまり出さないが、胸の内では常にそういう思いを秘めていた。

「しょうがねぇ、扉をぶっ壊す。尊の命には代えられないしな」

その言葉を最後に、スッと煉の瞳から温度が消えた。

マジでやるのか、と櫛笥は軽く狼狽《ろうばい》する。除霊を得意とする煉は力で捻《ね》じ伏せるタイプの呪術を使うため、下手にお堂の封印を破れば周囲の雑霊まで怒らせかねない。

（まいったな。勝手に神域で騒ぎを起こせば、葉室宮司《はむろぐうじ》だってさすがに怒るぞ）

現代で最も優秀な霊媒師として才能を発揮する尊と、稀代《きたい》の退魔師と呼ばれる煉。まだ二人とも幼いながら、西四辻家の先祖返りと言われる才能の持ち主だ。普段はコンビを組んで除霊にあたるほど仲がいい彼らが、本気でぶつかったらどうなるか想像もつかない。

「あ、あのさ、煉くん。僕に一つ提案があるんだけど聞いてくれる？」

「提案？」

すでに印を組み始めていた煉が、煩《わずら》わしげに眉をひそめた。

「俺を丸めこもうったって無駄だぞ」

「そうじゃないよ。ただ、力ずくで尊くんの邪魔をすれば遺恨が残る。あの子がたおやかな見た目に反して頑固者で、並外れて気が強いことは君が誰より知っているだろう？」

う、と初めて煉がたじろいだ。

尊は一見美少女と見紛う儚《はかな》げな容姿だが、霊媒師としてあらゆる霊と対峙《たいじ》しても、決して憎悪や妄執に意識を呑《の》み込まれない驚異的な精神力を持っている。

「煉くんは反逆、なんて言ったけど、決して尊くんと争いたいわけじゃないよね。だったら、もう少し合理的で平和な解決方法を選択しよう。僕も協力するからさ」

「何が言いたい?」

煉の黒目がちな瞳が、怪訝《けげん》そうに細められた。どうやら、話の内容に興味を抱いたようだ。

よし、と内心で小さくガッツポーズを取り、櫛笥は右手でそっと煉の印を包み込んだ。

「てめ、何する……」

「僕たちで、祟り巫女の赤子を探す。生きていたなら、その子孫がいるはずだ。そいつを探し当てる。尊くんより先に、一分一秒でも早くね」

思いがけない申し出に、煉はポカンと口を開けた。

まさか、そんな普通のことを提案されるなんて、という顔だ。

「俺に、探偵の真似事《まねごと》しろってのか。この西四辻煉に!」

櫛笥の手を振り払い、煉が苛立《いらだ》ちを露わにする。

「俺を侮辱《ぶじょく》したら、死ぬほど後悔させてやる」

「あ〜もう、いちいち嚙《か》みつかないの。僕たちが子孫を見つけ出せば尊くんもお堂に籠もる理由はなくなるだろ。多分、それが一番平和的で手っ取り早いよ」

「櫛笥……てめぇ……」

「尊くんを安心させたいんだろう？」

　有無を言わさぬ口調で、櫛笥がきつくねめつけた。

　普段、滅多にきつい顔を見せないだけに、たまに使う大人の顔は効果がある。渋々ながら煉は怒りを引っ込め、ふて腐れたようにそっぽを向いた。

「……わかったよ」

「よし。いい子だね」

「ぶっ殺す」

　たちまち凄まれて、ごめんごめん、と櫛笥は降参する。

　ひたすら瞑想中なのか、お堂からは尊の呼吸ひとつ聞こえては来なかった。

　祟り巫女――仮の名としてそう呼ばれているが、彼女はかつて御影神社建立《こんりゅう》の際に神降ろしとして選ばれた巫女の内の一人だった。出自は近隣の村に住む月夜野一族で、代々優秀な巫女を輩出する聖なる血族として周囲から畏怖の対象となっている。

だが、ここで大きな誤算が生じた。

巫女は、純潔ではなかったのだ。

「お蔭《かげ》で神降ろしの儀は失敗。彼女と月夜野一族は、神様を謀《たばか》った重罪人となった。汚名を返上し、神の怒りを和らげるには、巫女に報いを受けさせるしかない。連れ戻され、幽閉された彼女は数ヶ月後、一族によって生きたまま四肢を引き裂かれた。未熟児の赤子は子宮から引きずり出され、まだ息のある彼女の眼前で土へ打ち捨てられた。血と泥と体液にまみれ、産声《うぶごえ》すら上げない小さな肉塊を、巫女はどんな思いで見ただろう」

その瞬間、巫女は狂った。

激痛と憎悪の渦の中、月夜野一族、そして世界の全てを呪った。

「彼女の怨《うら》みは凄《すさ》まじかった。裂いた腹から内臓をひとつひとつ穿《ほ》り出され、両手両足を鉈《なた》で叩き切られながら、血の泡を吹いて〝赤ん坊を返せ〟と叫んだという。〝月夜野の本家を末代まで祟ってやる〟〝最後の一人になるまで呪い殺してやる〟……ってね。その声は、拷問人に心臓を握り潰《つぶ》されるまで続いたってさ」

おぞましい昔話を、一人の青年が語っている。

正座する彼の前には、灯された一本の蠟燭《ろうそく》が揺らめいていた。他に人影はない。空席の座布団が置かれているだけだ。皆、己の恐怖話を語った後、どこかへ消えてしまった。

百物語は終わった。

「お母さん」

青年は、最後にそう呟いて蠟燭の炎を吹き消した。

完全な闇が訪れた座敷に、何かの這う音がする。畳の上を不規則に移動し、それは少しずつ青年に近づいてきた。ざりざり、と表面の井草が削られ、湿気た藁《わら》がむきだしになる。

「かァえせェええ」

絞り出すような呻《うめ》きが、女の頭部から洩《も》れてきた。

それには首から下の身体がない。不恰好《ぶかっこう》な右手と右足が、直接頭から生えている。譬《たと》えるなら、バラバラにされた死後、かき集めた肉片を無造作に一ヶ所へぶち込んだかのように。

にじり寄ったそれは、青年の膝《ひざ》に這い上がってきた。生臭い息が、顔に吹きかけられる。

「お母さん、これからは〝赤子〟なんて言葉につられて、出ていっちゃダメだからね。せっかく元気になったんだ。慎重にいかなくちゃ」

「つぅキよのォおぉ」

呪詛しか持たない声音に合わせて、青年が嬉《うれ》しそうに微笑《ほほえ》んだ。

良かった、お母さんはだいぶん元気だ。月夜野の末裔《まつえい》、そして御影神社の本家が集めた忌々《いまいま》しい連中の呪詛返しのせいでかなりの呪力を封じられたが、決して消滅したわけではない。当然だ。寄せ集めの霊能力者たちに、この怨みを消すことなどできるものか。

「そのために、僕は作られたんだしね」

祟り巫女に頬《ほお》ずりせんばかりにし、青年は空いた座布団をぐるりと見渡した。

死霊に語らせた九十九の物語、そのどれより暗く澱《よど》んだ恐怖が己の身内に巣食っている。

それは、ちょうど月夜野の最後の末裔、月夜野珠希《たまき》と見事な対を成していた。巫女の呪詛を撥《は》ね返すため、月夜野の本家は代替わりの呪術を用いて直系の子孫に毒を溜めこんだのだ。

「無駄なことを……」

くっ、と忍び笑いが闇に溶けた。

奴らの中途半端な呪詛返しは失敗し、珠希は昏々《こんこん》と眠り続けている。その魂は黄泉比良坂《よもつひらさか》に閉じ込められ、未来永劫《えいごう》逃れることは叶《かな》うまい。

だが、同情には値しなかった。月夜野一族が滅びるのは、因果応報というものだ。

呪詛の巻き添えとなった御影神社の人間は不幸だが、巫女が今の変わり果てた姿になったのは当時の宮司が不用意に穢《けが》れに触れたからに他ならなかった。だから、これも自業自得だ。

「皆、死んでしまえ」

死霊の怨念《おんねん》にも勝る一言が、生きた青年の唇から放たれた。


相手を起こさないよう気配を押し殺し、葉室清芽《せいが》は布団の傍《かたわ》らへ腰を下ろす。障子越しの柔らかな陽は、夕暮れの橙《だいだい》に染まって秋の切なさを引き立てていた。

夏休みの笑い声、恋人の抱擁《ほうよう》、蚊帳《かや》の中で語り合った仲間たち。

何だか、全てが遠い夢の出来事だった気がする。

感傷的な気分を振り払おうと、清芽は視線を上げた。実家の古い日本家屋は天井が低く、幾つか不気味な染みや人の顔のような年輪が見つけられる。

（そういえば、昔はよく明良《あきら》が夜中に来たっけ）

二つ下の弟の寝顔は、あの頃からだいぶ様変わりした。幼い頃は常に何かに怯え、半泣きになって清芽の側を離れなかったものだ。明良が小学四年生の時だったか、夜中に「天井から男がぶら下がっている」と清芽の部屋へ逃げ込んできて、一緒に戻ったことを思い出した。

（なまじ、強い霊能力を持って生まれたばかりに……）

霊感ゼロの長男と、並外れた霊力の弟。

御影神社の宮司を務める葉室家の兄弟は、何故か両極端の立場で生まれてきた。明良と違って何も視えず、聞こえず、感じない清芽はずっと拭《ぬぐ》いきれない劣等感に苛《さいな》まれてきたが、明良もまた非凡な能力故に苦しい思いを抱えてきたらしい。

『俺は全然平気だし、何かあったら絶対におまえを守ってやる』

『本当？』

『ああ』

『約束だよ？』

『わかった』

ふと、懐かしい会話が蘇《よみがえ》った。もしかしたら、弟の心はあの頃から少しも変わっていないのかもしれない。祟り巫女の呪いを受けている今、実際に守られているのは自分の方なのだが、明良のすがりつくような瞳は真っ直ぐ清芽だけに向けられている。

「ん……」

熱のせいで眠りが浅くなったのか、明良の眉間《みけん》に皺《しわ》が刻まれた。珍しく体調を崩した彼が発熱したのは一昨日の朝で、それから寝込んでしまっている。

（父さんは、穢れを祓《はら》い切れなかったんだろう、とか言っていたけど……心配だな）

葉室明良は、向こう側に近い人間だ――。

少し前、恋人の二荒《ふたら》凱斗《かいと》が明良を評した言葉が胸に浮かんだ。だから、気をつけてやれ。清芽、おまえの言葉一つであいつは人間であることを簡単にやめる。

（人間であることをやめるって……）

何だか、実感が湧かなかった。

こうして見ていると、明良はごく普通の十九歳だ。清潔感のある整った顔立ちは老若男女問わずに受けが良く、文武両道でカリスマ性に満ちた出来すぎな弟ではあるが、自分の前では子どもじみた我儘《わがまま》も言うし、むしろひどく人間くさい。

「にい……さん……？」

「あ、起きたか。調子はどうだ？　何か飲むか？」

掠れ気味な声に呼ばれ、慌てて現実に返った。少し潤んだ黒目が、いつもよりあどけなく映る。病気の明良を看病するなんて、ほぼ初めてに近くて少し照れ臭かった。

「ごめんな、母さんがいればいいんだけど」

「わかってる。父さんが、しばらく実家に帰したんだろう？　呪詛返しをやり直すなら、関係者以外は遠ざけた方がいい。母さんの守護霊は強いから、今まで受ける影響は最小限で済んでいたけど……多分、今度で決着がつく。それだけに、何が起きるかわからないし」

「おい、そんないっきにしゃべって大丈夫か」

「……平気」

短く息を吐いて、明良は目を細める。

「目が覚めたら、真っ先に兄さんの顔があった。だから、凄く気分がいい」

「な……」

何を言ってんだ、バカ。そう返そうとして、思わず詰まってしまった。

ここ最近、明良は情緒不安定気味で余裕をなくしている風だった。その危なっかしさを危惧《きぐ》していただけに、久しぶりに穏やかな笑顔を見せてくれたのが嬉しかったのだ。

「凱斗は、どうしてる？」

「え？」

「まだいる？」

続いて、おかしな質問をされた。まだいる、とはどういう意味だろう。もう一度呪詛返しをしようと皆で話し合い、凱斗も協力すると言ってくれたばかりだ。西四辻の二人と櫛笥を含めた六人で祟り巫女を調伏するまで、全員が御影神社に留まることになっている。

「明良？　おまえ、凱斗と何か話したのか？　もしかして、凱斗の記憶が戻ったり……」

「そんな都合のいいこと、あるわけないだろ」

ふっと皮肉な笑みに切り替え、いつもの調子で明良は言った。

「凱斗が兄さんのことだけを覚えていないのは、ただの記憶喪失じゃないって説明したろ。祟り巫女が、故意に凱斗の核を奪ったんだ。調伏しない限り、元のあいつには戻らないよ」

「わ、わかってるけどさ」

「第一、凱斗本人が記憶を取り戻したいって思ってないじゃないか。いい機会だから、兄さんも同性相手の恋愛なんかやめた方がいいよ。で、あいつはまだいるの？」

「明良……」

そんなにくり返されると、段々不安になってくる。

愛する清芽の記憶を奪われた凱斗はすっかり心を閉ざしており、別人のように取り付く島がなくなっていた。何も言わずにふらりと姿を消してしまう可能性は、決してゼロではない。

「ごめん、俺ちょっと」

居てもたってもいられなくなり、清芽は腰を浮かしかけた。その手を素早く明良に掴まれ、ドキリとして動きを止める。微熱の残る手のひらは、さすがに振りほどけなかった。

「俺ね、凱斗に言ったんだよ。呪詛返しから手を引けって」

「え……」

布団の中から、明良が試すような目つきで語りかけてくる。

その顔は笑っているようでもあり、苛立ちを堪《こら》えているようでもあった。

「もし、凱斗が引かないなら俺がやめる。どっちかだ、って迫ったんだ。そうしたら、少しだけ考えさせてくれって言うからさ。その後、俺はすぐ熱が上がって寝込んじゃったし、答えを出すには充分すぎる時間だろ。どうしたかなぁ、と思って」

「何で、そんなこと……」

「凱斗が、迷っていたからだよ」

思いがけない言葉に、清芽は激しく動揺する。迷っていた、とはどういうことだ。呪詛返しに参加するのを、彼はやっぱり後悔しているのだろうか。

絶対にありえない、と以前なら断言できた。

清芽のよく知る二荒凱斗という男は、どんな状況にあっても芯《しん》のぶれない人間だ。

(だけど……)

正直、今の凱斗が何を考えているのか清芽にはわからなかった。彼との間には、近づいたと思えばすぐ遠ざかる、逃げ水のような歯がゆさしかない。

「迷いがあったら、必ずそこに隙が生まれる。足手まといになる男を、引き止めておく理由はない。兄さんは、凱斗をむざむざ殺したいのか？　神隠しから生きて帰ってきた、それだけで多くは望まないって言っていたくせに」

「…………」

「兄さん」

「祟り巫女の呪詛を受けているのは、月夜野さんと俺の二人だ」

考えるより先に、そう答えていた。遅れて、己の言葉が自身へ響いてくる。そうだ、事態を動かすとしたら誰より自分がしっかりしていなければ。

「明良、おまえの心配はもっともだ。俺が、直接凱斗と話すよ」

「え？」

「もし、本当に凱斗が迷っているなら、俺から手を引くように言う。彼の霊力は大きな戦力だけど、身の危険をおして俺たちに力を貸さなきゃいけない義理はないんだし」

するりと握られた手を外し、清芽は立ち上がった。存外冷静に振る舞う姿を明良は驚いたように見上げていたが、話しすぎて疲れたのか、小さく溜め息をついて目を閉じる。まるでふて寝する子どもだ、と苦笑いを浮かべ、「また来るよ」と言って部屋を後にした。

（力を貸さなきゃいけない義理はない……か）

廊下に出た清芽は、自分の発した言葉を反芻《はんすう》して痛む胸をギュッと押さえた。情けないが、明良の前で平静を保っただけでも自分を褒《ほ》めてやりたい。確かに凱斗が助ける義理などなかったが、真摯《しんし》に愛情を傾け、損得や理屈を超えた次元で清芽を包み込んでくれていたのはたった一ヶ月前のことなのだ。

だからこそ、「迷っている」という言葉に動揺が走る。

（とにかく、凱斗と話さなきゃ）

この非常事態に明良が嘘を言うとは思えないが、もともと凱斗に対しては当たりがきつかった。何か誤解をしているかもしれないし、凱斗の言い分も聞いてみたい。

（凱斗、どこだろう……）

いつの間にか陽は落ちて、周囲を薄闇が包み始めていた。思えば、昼から彼の姿を見かけていない気がする。気が急きつつ廊下を突き進んでいると、不意に食欲をそそる匂いが流れてきた。そろそろ夕飯の支度をする時間だし、まさか母の代わりに父が作っているのかと慌てて台所を覗《のぞ》いた清芽は意外な二人に出迎えられる。

「あ、清芽くん。味つけ、麵《めん》つゆと醬油《しょうゆ》どっちが良かったかなぁ」

「センセエ、明良さんの具合どう？　そろそろ、腹が減る頃なんじゃね？」

「櫛笥さん……煉くん……」

　並んで調理していた櫛笥と煉が、揃《そろ》って笑っていた。煉の手元にはまな板があり、人参《にんじん》の尻《しっ》尾《ぽ》やらジャガイモの皮やらが散らばっている。櫛笥に至ってはブランド物のワイシャツを袖まくりして、母親の胸当てエプロンを拝借していた。前にも同じ光景を見たなぁ、と既視感に捕らわれながら、清芽はおそるおそる尋ねてみる。

「あの、二人とも何を……」

「見ればわかるだろ、夕飯を作ってるんだよ。おばさんの作ってくれるご飯めちゃめちゃ美味《おい》しいから、食えなくなるのは残念だけど仕方ないもんな」

「呪詛返しが完了するまでお世話になるんだから、このくらい自分たちでしないとね。あ、エプロン勝手に借りちゃってごめん。ついでに、食材も冷蔵庫から適当に選んだよ」

「そ、それは構いませんけど」

　面食らう清芽に、櫛笥が右手に持ったお玉を得意げに振った。

「僕と煉くん、明日はちょっと遠出してくるよ」

「遠出？　どこへ行くんですか？」

「一昨日、僕と佐原《さはら》教授は月夜野の分家に行っただろう？　その時、変な青年に会った話をしたじゃない？　ちょっと本気を出して、彼の足取りを追ってみようと思ってさ。さっき教授に電話したら、彼も付き合ってくれるって言うし」

櫛笥の口調は、まるで探偵ごっこを楽しむような気軽さだった。しかし、実際はそんな呑気《のんき》な話ではないことはお互いにわかっている。これは、ただの人探しではない。悪霊とそれに取り憑《つ》かれた者たちの、生死を賭《か》けた追いかけっこなのだ。

「その青年、悠一郎《ゆういちろう》って名乗ったんでしたっけ。あと、凱斗の教え子だって」

「うん。二荒くんが非常勤講師を務める東京の大学で、彼の講義を受けたことがあると言っていた。わざわざそんな嘘をつく必要はないから、恐らく真実だと思う。それと、彼が乗っていた自転車は盗難届が出されていただろ。持ち主に話が聞けたら、それも手掛かりになる」

「持ち主って、わかりますか？」

「だから、分家にもう一度行ってみるんだよ。警察に届けたのはあの家の主人だから、何か聞いているかもしれないし。とにかく、悠一郎の所在を一刻も早く突き止める」

そこまで話してから、櫛笥は残念そうに溜め息をついた。

「本職の探偵に依頼する方が早いけど、今回ばかりは無関係の人間を巻き込むわけにはいかないからね。何が災いして、祟り巫女を呼ぶかわからないし」

「櫛笥さん……」

不完全だったとはいえ、最初の呪詛返しはそれなりの効力を発揮したようだ。以前は口の端にのぼらせただけで祟り巫女を呼んでしまっていたが、今はそこまで神経質にならなくても済んでいる。そうは言っても、彼女の執念が和らいだわけではまったくなかったが。

「わかりました。気をつけてください。……煉くんもね？」

「俺の心配はいいって。それよりセンセエ、お堂の尊に気をつけてやって。センセエの声になら、あいつ反応するかもしれない。そしたら、この煮物を食わせてやってよ」

「うん。俺も心配だし、後で持って行ってみるよ」

　胃袋を刺激する匂いは、くつくつ煮えた鍋から漂っていた。そこには、尊の大好きな椎茸《しいたけ》が不自然なほどたっぷり入っている。だが、煉にとっては激しく苦手な食材だったはずだ。清芽は思わず櫛笥と目を合わせ、従兄弟を思う健気さに温かな気持ちを覚えた。

「それはそうと、清芽くんは何か用事があったんじゃないの」

「あ、そうなんです。俺、ちょっと凱斗と話が……」

「二荒くん？　お堂から戻る時、彼と真木《まなき》さんが本殿に向かうのを見かけたよ。でも、ずいぶん真剣な様子だったから、後にした方がいいんじゃないかな」

「父さんと？」

　咄嗟《とっさ》に清芽が考えたのは、凱斗がここを出て行く相談ではないか、ということだった。父の真木は御影神社の宮司であると同時に、少年だった凱斗が霊力をコントロールできるよう指導した師でもある。そんな関係からか、清芽の記憶を失って周囲と壁を作ってしまった現在も真木にだけは敬意を払っているようだ。

「ありがとう、櫛笥さん。でも、ちょっと行ってみます。どうしても、急いで凱斗と話さなくちゃいけないことがあって。煉くん、悪いけど明良に水を持っていってくれる？　まだ熱が下がりきってないようだから」

「わかった。でも、後ろに気をつけろよ、センセエ」

「後ろ？」

何のことかと訊き返した瞬間、鍋がいきなり吹き零《こぼ》れた。いっきに話どころではなくなり、櫛笥たちは大わらわとなる。続きを聞くのは諦《あきら》め、清芽は本殿へ急ぐことにした。


「こ〜ら、煉くん」

清芽の気配が台所から消えた後、火加減を見ていた櫛笥がふっと息を吐いた。彼は隣に立つ煉をちらりと見ると、「怖がらせちゃダメじゃないか」と窘《たしな》める。

「いつもの清芽くんなら霊感がないし、全然気がつかないだろうけどさ。今は二荒くんの霊力を借りて、一時的に視えるようになっているんだから」

「大丈夫だよ。俺が言ってもピンときてなかったじゃん。やっぱ、借り物だからかなぁ」

「そりゃ、僕や君のようにはいかないさ。でも、無意味な恐怖は霊につけ込まれるからね。気づかない間は、そっとしといてあげた方がいい」

櫛笥の言葉に、煉は「わかったよ」と引き下がる。彼としても悪戯に怖がらせようと思ったわけではなく、純粋に心配してのことだった。尊と一緒に全国を除霊の仕事で飛び回っているため、家庭教師として勉強をみてくれる清芽をとても慕っているのだ。

「でもさ、何なんだろうな……あれ」

気にかかるのか、煉がボソリと呟いた。

「その辺の悪霊なら、センセエの〃加護〃が近寄らせないはずなんだけど」

「う〜ん。確かに、ちょっと気にはなるなぁ」

櫛笥も同意し、先ほど清芽の後ろに視えたものを思い返してみる。

台所に彼が入ってきた瞬間、異質な『何か』もついてきた。それは清芽の後ろ、手のひら分の距離を取った位置に立っている。生憎《あいにく》と理解できたのはそれだけで、人か獣かも判別がつかず、ただ強烈な執着のみが感じ取れた。

「センセエの〃加護〃は、あらゆる霊障を無効にするだろ。だから、あそこまで近づけるのは珍しいなって思ったんだよ。かといって、守護霊とかそういうんじゃない。どっちかというと厄介な類《たぐい》だと思う。……ほんと、何なんだろう」

「話している間に消えていたしね。積極的な害意はなさそうだけど、放置して良いものかどうかちょっとわからなかったな。大体、〃加護〃が発動しないのも奇妙だし」

「発動しないってことは、センセエの敵じゃねぇのかな」

うーん、と顔を見合わせ、二人は渋い表情になる。

葉室清芽という青年は一見平凡だが、実際は稀有《けう》な能力を有していた。生まれつき神格に近い〝加護〟がついており、その影響で一切の霊力を失っているのだ。しかし〝加護〟の力は絶大で悪霊の類は近づけないし、霊障は全て撥《は》ねつけるため、祟り巫女の呪詛を受けている自覚のないまま今日まで無事に生きてきた。

「問題は、本人に使いこなせないってところだけどね」

「でも、真木さんについて修行始めたんだろ。そのせいか、ちょっと変わったよな。葉室家の長男なのに霊感がないってのを気に病んでたけど、いい意味で遠慮がなくなってきたし」

「煉くん、君……たまに鋭いこと言うよね」

「たまにって何だよ」

むうっとした瞬間、炊飯器が炊《た》き上がりのメロディを奏で始める。

場違いなほど平和な音に、二人は複雑な思いで顔を見合わせた。

御影神社の本殿は、御神体である破邪《はじゃ》の剣を祀《まつ》った一番神聖な空間だ。その奥には小さな瞑想部屋が設《しつら》えられ、清芽は毎晩そこで瞑想を行っている。呪詛返しの成功には己の〝加護〟が不可欠であり、自在に発動できる術を身に付けなくてはならないからだ。自身と対面し、〝加護〟との共存を目指す意志の力を固めることが早急の課題だった。

「おかしいなぁ」

本殿へ来たものの、真木や凱斗はどこにも見当たらない。灯籠《とうろう》の淡い光だけを頼りに歩を進めた清芽だったが、ふと祭壇の前まで来て足を止めてしまった。

最上段に、破邪の剣を納めた桐の箱が祀られている。

葉室家の祖先に御影神社建立の命を下したと言われる火の神、天御影 命《あめのみかげのみこと》から賜《たまわ》ったとされる神宝だが、つい先日清芽は瞑想後に不思議な体験をした。桐の箱から光が溢《あふ》れ出ているのを、目の当たりにしたのだ。

「あれ、夢じゃ……なかったよな」

かねてから、〝加護〟の正体と天御影命には繋《つな》がりがあるのではないかと考えていた。しかし「神格に近い」のと「神そのもの」ではまったく違うし、自分に神が憑いていると思うこと自体が何とも畏れ多い。結局、しばらくして光は消えてしまったので誰にも相談はしていないが、できれば真木や凱斗にも意見を聞きたいと思っていた。

「二人とも、どこ行っちゃったんだろ……」

姿どころか話し声もなく、清芽はがっかりする。本殿は拝殿に比べると小ぢんまりとして、ぐるりと見渡せばそれで充分の広さだ。行き違いになったのかと溜め息をつき、母屋へ戻ろうと踵《きびす》を返しかけた時、瞑想部屋の方で微かな物音が聞こえた。

「誰かいる？　父さん？　凱斗？」

扉はきっちり閉められているが、防音設備が整っているわけではない。返事はないが耳を澄ませると人の気配があったので、清芽は思い切って中へ入ることにした。

「清芽だけど、開けるよ？」

「……入るな」

無愛想で取り付く島のない声。――凱斗だ。

「入るなって……父さんは一緒なのか？」

「宮司なら、尊が心配だからとお堂へ向かった。わかったら、おまえもさっさと去れ」

「俺、どうしても凱斗に訊きたいことがあるんだよ」

せめて、出てくるのを待っていてはダメだろうか。そんな焦りを見透かすように、凱斗は億劫《おっ》劫《くう》そうな口調で「何の用だ」と尋ねてきた。

「できたら、顔を見て話がしたいんだけど……大事なことなんだ」

「…………」

「明良から聞いたよ。凱斗が呪詛返しを」

皆まで言い終わらない内に、勢いよく扉が開けられる。ドキリとして口をつぐんだ眼前に、眉間へ皺を刻んだ背の高い男が仏頂面でぬっと姿を見せた。

引き締まった肉体と長い手足を包む黒のスーツ、ほの暗い蠟燭の灯りでも見失わない強烈な存在感。強い目力は野性味のある精悍《せいかん》な顔立ちに映え、どこか憂いを秘めた表情と相反した魅力を引き立てる。彼が二荒凱斗――祟り巫女の神隠しに遭い、十日近くたって戻ってきた時には清芽の存在だけを記憶から奪われていた、八歳年上の恋人だ。

「俺が呪詛返しを？」

「え、あの……」

取り付く島もないとは、このことだろう。口調は問いかけでも、訊いても無駄だと言外に圧力をかけてくる。だが、だからといって素直に引き下がるわけにはいかなかった。

「凱斗、呪詛返しから外れるって本当なのか？」

意を決して切り込むと、案の定ウンザリした顔をされる。そういうの地味に傷つくんだよ、と心の中で愚痴《ぐち》り、しかしめげずに清芽は食い下がった。

「いいのかよ、それで。祟り巫女の呪いは、もう月夜野さんと俺だけの問題じゃなくなっている。凱斗だって危険かもしれないんだ。それに、彼女を調伏しない限り記憶が……」

「最初の呪詛返しの時、俺が考えていた勝算って何だったんだろうな？」

「え？」

唐突に話題が飛んだので、何の話だと面食らう。

まるで清芽の視線を避けるように、凱斗は苦々しく横顔を向けた。

「……宮司から言われたんだ。もし外れるつもりなら、その前に思い出せと。それで瞑想部屋へ籠もってみた。無駄だとは思ったが、恩師である宮司への義理立ては必要だからな。どのみち、おまえに関わる記憶は努力で取り戻せるものじゃない」

「だったら、尚更出て行くとか言うなよ！」

「…………」

呪詛返しに協力すると言われた時、清芽は素直に嬉しかった。おまえのためじゃない、とあしらわれても、ただ側にいてくれるだけで安心できたのだ。祟り巫女を調伏すれば、奪われた記憶が戻る可能性は充分にある。その希望を胸に挫《くじ》けそうな気持ちを奮い立たせてきたのに、今更いなくなるなんて納得できなかった。

「自分自身のためにも、祟り巫女の呪詛を解かなきゃならない。ついこの前まで、あんたはそう言ってたじゃないか。まさか、一生このままでいいわけじゃないだろうっ？」

「俺は、勝算があったにも拘《かか》わらず一度失敗した。そんな人間がいたところで、おまえたちの力にはならない。大体、記憶と言っても一部だけだ。戻らなくても生きていける」

「そ……」

そんな言い方はないだろう――清芽は絶句し、呆然と立ち尽くす。

『言ってみれば、俺たちが知っている〝二荒凱斗〟の核は兄さんが作ったようなものだ』

不意に、明良の指摘が頭に響いた。

それが真実であることを、清芽は目の前の男によって嫌でも思い知らされる。

母親からの精神的虐待を受けた過去を思えば、凱斗が他者に興味もなく共感もしない、現在のような性格になったのは無理からぬことだろう。だが、清芽の出会った彼はまったく違っていた。厳しくて言葉足らずなところはあるが、その眼差しは温かだった。困っているとさりげなく手を貸し、成長を促してくれる優しさを持っていた。もし「命に代えても清芽を守る」という命題が彼を変えたのなら、やはり捨ててはいけない記憶だと思う。

「俺、凱斗の中に呪詛返しへの迷いがあるなら無理強いできないって、そう思っていた」

核があろうがなかろうが、凱斗は凱斗だ――胸の中でそう続ける。

愛してくれたから、ずっと見守ってくれたから、彼に恋をしたんじゃない。

「だけど、そんな遠慮はもうやめる。もし、外れる理由がそんな弱気なものなら認めない」

「おい、いい加減にしろ。無理に思い出さなくていいと、おまえが言ったんだろうが」

「そうだよ。それが凱斗のためになるならね」

狼狽《うろた》える相手へ、清芽はきつく詰め寄った。

「凱斗は自由だ。でも、ここから逃げるのは違うと思う。呪詛返しをやり直し、祟り巫女から完全に解放されなくちゃ本当の意味で自由なんかない。ずっと、悪霊の影に怯えて生きていかなきゃならない。凱斗、前に言ってたよな？　退魔師なんかやってるけど、本当はいつも怖いんだって。だから、お守り代わりにあのチョコを持ち歩いているんだって」

「俺が……チョコだって？」

まさか、と凱斗は鼻で笑う。実際、神隠しから戻った彼は甘いものが嫌いだと言って、お見舞いに煉と尊が差し入れたそのチョコを突っ返してきたと聞いていた。

「でも、本当なんだよ。甘い粒を口へ放り込むと、気持ちが落ち着くって言ってた。俺が五歳の時、初めて会った凱斗へあげたチョコなんだって話してくれたんだ」

「…………」

「なぁ、このままでいいわけがないだろう？　俺を思い出してほしいから、それだけで言ってるわけじゃないんだ。あんた自身を、取り戻してもらいたいんだよ。そうでなきゃ、誰とどこにいたって凱斗は孤独だ。俺は、それが嫌なんだ」

溢《あふ》れる想いが、普段の何倍も饒舌《じょうぜつ》にさせる。自分でも驚くほど、清芽は必死に凱斗を引き止めていた。彼と明良の確執は気がかりだが、ここで離れたらダメだと本能が告げている。今、彼を行かせたらきっと笑顔を忘れたまま孤独に馴染《なじ》んでしまう。

そんなのは嫌だった。

たとえ隣にいるのが自分でなかったとしても、凱斗には笑っていてほしい。

「呪詛返しなんて危険なことに巻き込んで、こんなこと言うなんておかしいかもしれない。だけど、凱斗には幸せになってほしいんだよ。そのためには、祟り巫女を調伏しなくちゃダメだと思う。凱斗だけじゃない、皆が自分と大切な人のために覚悟を決めているんだ」

「俺は……幸せになんてなりたくない……」

やがて、小さく喘《あえ》ぐように凱斗が呟いた。

苦渋に満ちた声音は震え、彼はまるで憎むように清芽を睨《にら》みつける。

「どんな風に生きようが、清芽には関係ない。俺は、幼い頃から幽世を見つめてきた。常に、そこから手を伸ばされてきたんだ。生死なんて、俺には曖昧《あいまい》な境目でしかない」

「だけど、凱斗はずっとその手を拒んで来たじゃないか！」

あまりの腹立たしさに、清芽は思わず気色《けしき》ばんだ。幼い凱斗がどれほどの恐怖を抱え、黄泉《よみ》の手から逃げてきたか、辰巳町《たつみちょう》での一件で嫌と言うほど知っているからだ。小さな彼が必死で悪霊と戦ったのは、こんな言葉を吐く大人になるためなんかじゃない。

「勝算がどうこうなんて、後から蒸し返すのはおかしいよ。他に原因があるなら、俺に言ってほしい。俺が嫌なら、櫛笥さんにでもいい。一人で勝手に結論出して消えるなんて、そんなの嫌だ！　納得できないよ！　だって、俺は凱斗が……」

言葉の途中で、息を呑んだ。

熱い唇が、溢れ出す想いごと清芽の唇を塞《ふさ》いだからだ。

「……ん……ッ……」

突然のことに反応もできず、奪われるままに身を任す。抱き締める力に抗《あらが》うことも忘れ、回される腕に鼓動が激しく乱れた。混じり合う呼吸に眩暈《めまい》を感じ、強引な舌の動きに膝からくずおれそうになる。混乱の中で清芽は縋《すが》りつき、ひたすら愛撫《あいぶ》を受け入れた。

「かい……と……」

重ねる唇の隙間から、無意識に呼びかける。

かつては愛しさと、安らぎに満ちていた名前を。

——だが。

「おまえが望んでいるのは、所詮こういうことだろう？」

冷たい一言が、容赦なく清芽を突き落とした。

唇が離れ、開いた瞳に映るのは皮肉な目つきの冷めた表情だ。一瞬で夢から覚めた気分になり、清芽は信じ難い思いで凱斗を見つめ返した。

「キスくらいで黙ってくれるなら安いものだ。何だかんだ言っても、おまえは恋人だった頃の俺が忘れられない。だから、あれこれ理屈をつけて構ってくるだけだ」

「凱斗……」

「何度も言うが、今の俺には迷惑なんだ。友人としてならいいが、恋人に戻れと言われても無理だ。正直、おまえのことは嫌いじゃない。だが、そろそろ諦めてくれ」

最後通牒《つうちょう》を突きつけられ、頭の中が真っ白になった。

諦める——凱斗を。

愛している、と囁いたその声が、もう清芽には思い出せない。

「どこでどう生きて死のうが、おまえには関係ない。それより、ブラコンの弟を頼ってやれ。呪詛返しは、あいつに頑張ってもらえばいいんだ」

「…………」

「俺は、おまえらとつるむ気が失せた。それだけだ」

とん、と軽く肩を突かれ、逆らう気力もなく数歩後ずさる。

口づけの余韻《よいん》は甘いままなのに、苦い後味が胸まで広がっていくのがわかった。

尊が籠もっているお堂へ向かう途中、真木は先刻までの会話を思い出していた。

呪詛返しから外れるという凱斗に条件を出して瞑想部屋へ置いてきたのは、何も本気で勝算を当てにしているからではない。今一度、凱斗自身に本心を見つめてほしかったのだ。

『明良は本気だと思います』

他人に聞かれる心配のない本殿で、凱斗は淡々と切り出した。

何かを摑みかけ、半ばで諦めたような目だった。

『真木さんも、とっくにお気づきですよね。明良の清芽への執着は、本人にも歯止めの利かないところまで来ています。このままでは、いくら巫女を調伏しても意味がない。もっと暗く、もっと恐ろしい鬼を生むことになる。今、俺たちは分岐点に立っているんです』

『だが、君はそれでいいのか。清芽と離れることになるぞ』

大切な存在だ、と彼の口から聞いたのは、ほんの数ヶ月前のことだ。

その意味を考えないほど真木は愚かな父ではないし、正直戸惑いを感じてもいた。しかし、祟り巫女の問題が持ち上がり、現状それどころではなくなっている。

『いいも悪いも、俺は清芽を覚えていない。離れることに躊躇《ちゅうちょ》はありません』

澱みなく答える口調は、あまりに滑らかすぎて偽りの匂いがした。たった数日間でも、凱斗の中に微妙な変化が起きつつあるのは明白だ。

しかし、それも必然だと真木は思う。

己を救ってくれた相手を、たとえ記憶から削っても魂は忘れない。呪によって奪われたのなら尚更だ。巫女の呪は真っ直ぐに伸びていた枝を無理に捻じ曲げたに過ぎず、樹そのものは変わらず天を目指し続けている。凱斗の場合、天とは清芽そのものだ。

しかし、同様に天へ手を伸ばす者がもう一人いる。

『恐ろしい鬼……か』

宿業の憂いを込めて、真木は呟いた。

言葉を選ばなかった凱斗は、黙って頭を下げる。だが、我が子が鬼になると言われても不思議と怒りは湧かなかった。それは、誰より真木が危惧している事態だからだ。

『明良は、もともと不安定な子だ』

『不安定？』

納得しかねる、とでも言うように凱斗が眉をひそめる。

『そんな優しい言葉じゃ足りません。宮司、あなたの息子たちは壮絶です。どちらも先祖の因果から、人の身には過酷な能力を背負わされている』

『……………』

『俺が離れたくらいで収まるとも思えませんが、一時的な時間稼ぎにはなります。このまま明良が妄執《もうしゅう》に堕《お》ちれば、本人以上に傷つくのは清芽だ。最悪、明良は兄を道づれにするかもしれない。俺は、それだけは避けたい』

語るに落ちる、とはこのことだった。

その一言で、凱斗が何を考えているのか真木には全て見通せる。

「つくづく、不器用な男だ」

自然と、溜め息が出た。

凱斗という男はもともと生への執着がなく、己を一切顧みない。幼い頃から実の親に存在を否定され続けた彼にとって、自身とはそれほどに価値のないものなのだ。

そんな男が、愛する者に全身全霊を捧げるのは当然の成り行きだったろう。その想いに常識の枠は意味を成さない。善悪すら存在しないはずだ。

「清芽が惹かれるのも、無理はない……か」

凱斗の抱く徹底した絶望は、刃のように磨かれていっそ美しい。

生きるのには悲しすぎる、その闇に魅せられる気持ちはわからなくもなかった。

「さて、どうしたものか……」

憂いている間に、お堂が見えてきた。

溢れ出す尊の霊波が、水紋のように空気をさざめかせている。

何と綺麗《きれい》な音色だろうと、真木はようやく微かな笑みを浮かべた。


私の育った町には、嫌な噂《うわさ》があった。

M県の人口二千人ほどの田舎町で、私も高校まではそこにいた。幼稚園の時に母の実家から引っ越してきて、当時は新築だった団地に住んでいたのだ。その団地は沼を埋め立てた土地に造られたという噂を聞いたことがあるが、実際いろいろ問題が多かった。

嫌な噂というのは、その団地にまつわる話だ。

エレベーターが二基ついているのだが、左側に乗ると「怖い」というのだ。何がどう怖いのかわからず、確かその噂を教えてくれたのは塾で一緒だったSちゃんだったが、私が詳しく知りたいと言ったら「たたられるよ」と言われた。

「祟られる」だとわかったのは、何年か過ぎてからになる。

うちの団地に住んでいた一人暮らしのＯＬが失踪して、ほどなく電車に飛び込み自殺をするという事件があった。その頃にはもう私は家を出て東京にいたので、耳にしたのはだいぶ後になってからだ。彼女の死についてあれこれ憶測が飛び交い、不倫していたとか鬱病《うつびょう》だったとかめちゃくちゃ言われていたけれど、一つだけ共通していることがあった。

エレベーターに乗れないんだって。

それが、左側だったかどうかは定かじゃない。でも、お蔭で私は子どもの頃の噂を思い出した。なるほど、「祟られる」か。もしかしたら、次の公演に役立つネタが拾えそうだ。

当時の私は、大学を中退して某演劇サークルの活動に夢中だった。自分が舞台に立って人前で芝居をするなんて想像もしていなかったが、成り行きで参加している間にまんまとハマってしまったのだ。今では女優の他、たまに脚本を書くこともある。

ところが、公演の不入りが続いてメンバーの持ち出しが多くなり、とうとう次がダメなら解散、というところまで追い詰められてしまった。私は焦り、人の興味を惹くエキセントリックなネタはないだろうかと悩み、実録絡みの心霊物にしようと決めた。趣味が悪かろうが低俗だろうが、とにかく客を集めるのが大事だった。

よく考えれば、当時の自分がいかに冷静でなかったかわかる。エレベーターは二基とも現役で稼働していたし、うちの家族だって毎日利用していた。右も左も関係ない、それで特におかしな日に遭ったこともない。それを、どうやってOLの自殺と結びつければいいのか、たちまち展開に行き詰まってしまった。

やっぱり、現地に戻って追体験するのが一番だろう。そう思った私は、再び実家へ帰った。ロケハン気分でわくわくしたものの、生憎と左側は使用中だった。仕方なく右のエレベーターに乗り、特に感慨もなく八階に到着した。私は、（あ～あ）と思いつつ箱から出る。

その時、背後から髪を引っ張られた。

あれ、と思って振り返ったが、初めから乗っていたのは私だけだ。気のせいか、とそのままフロアに出ようとしたが、ふと足元に視線を落としてドキリとした。

足首を、誰かが摑んでいる。

血の気を失った指が、私の足首に絡みついていたのだ。

「きゃっ」

私は短い悲鳴をあげ、思わず駆け出そうとした。指がサッと引いて見えなくなり、今のは何だったのかと冷や汗をかく。恐々振り返ってみたが、もちろんエレベーターの中には誰もいなかった。あの指の持ち主がどこへ消えたのか、そもそも同乗していたはずなどないのに、私は自分を落ち着かせたくて必死に考えた。

いいえ、ちょっと待って。

おかしい。私が乗ったのは右側だ。噂のあるのは左側じゃないか。それとも、おかしな先入観のせいで幻覚を見たんだろうか。混乱しながら立ち尽くす私の前で、扉がゆっくり閉まり始めた。階下で住人が呼んだのか、そのままエレベーターは下降を始める。

その時、私は見た。

降りてゆくエレベーターの窓から、女性の姿が視界に入る。同じ年くらいの、ひどく顔色の悪い女だ。息を呑む私に気づいたのか、彼女の黒目がギョロリと動いた。

一瞬だけ、目が合った。

あ、と思う間もなくエレベーターは消えていく。だが、私の脳裏にはしっかり女の顔が刻み込まれていた。絶対に誰も乗っていなかったのに、どうして彼女があそこにいるんだろう。

もしや、あれが自殺したOLだろうか。

ほんの数分の出来事が、私をすっかり怖気《おじけ》づかせてしまった。脚本やめようかな。そんな弱気に見舞われたのは、摑まれた足首が痛み出したせいだ。そんなに強く力を入れられたわけでもないのに、後からどんどん腫《は》れてきた。しばらく、私の足首には指の痕《あと》がついていた。

結局、足首の痛みが原因で私は舞台に立てなかったし、脚本も書けなかった。

サークルは解散になり、私は小さな劇団に入り直した。いわゆるアングラ系で、芝居の内容は意味不明だけれど闇雲なパワーが気に入った。私は、ますます芝居にのめりこんだ。

しかし、一つだけ困ったことがあった。

どうやら、私は「連れてきて」しまったようなのだ。

夜、眠っているとマットレスを誰かが叩く。ベッドの下からではなく、マットレスの中からだ。まさか、そんなことはありえないと思うだろうが、眠りかけると「ドン」と振動がして目が覚めることがたびたびあった。

それに、エレベーターだ。

帰宅が遅くなって一人で乗り込むと、閉まりかかった扉が途中で再び開く。まるで、見えない誰かが入ってきたかのように。私がボタンを押す前に、無関係な階のボタンが点灯することもあった。けれど、その階に到着しても誰も待ってはいない。私はできるだけ余計なモノを見ないように、よそみをせずに『閉』のボタンを必死に押し続ける。

怪異があまりに多いので、私は改めて考えてみた。

そうして、一つの可能性に思い至る。

もしかしたら、エレベーターの左って「向かって」ではなく「背にして」という意味だったのではないだろうか。そうだとすると、私が乗ったのは間違いなく左側だ。

ゾッと鳥肌がたった。でも、エレベーターの怪異にではない。

くり返すが、あのエレベーターは左右どちらも普通に稼働している。私の家族も日常的に利用しており、特に問題が起きたことはないようだ。

それなのに、私にはあの女が憑いてきた。

マットレスもエレベーターのボタンも姿を見たわけではないが、私には確信がある。

あの女が、ずっと私の後ろに憑いているのだ。

「私にしか……」

声が震えた。

部屋の中の空気が、いっきに冷たくなっていく。

「私にしか……視えない……」

すぐ後ろで、くすくす、と笑い声がした。


「出てこなくていいと言っただろう」

鳥居のところで追いついた清芽に、凱斗はあからさまに迷惑そうな顔をする。本殿で彼と話した日の夜、凱斗は真木にだけ挨拶《あいさつ》をして御影神社を出て行こうとしていた。

「夜は冷える。さっさと母屋へ戻らないと風邪をひくぞ」

「でも、こんな出て行き方は淋しいじゃないか」

階段から見下ろすと、敷地を出た道路にタクシーを待たせていて赤のテールライトが目立っていた。一体どこへ行く気だろうと思ったが、尋ねて素直に教えてくれるはずもない。

けれど、あのまま別れるのは納得がいかなかった。つるむのはやめる、ときっぱり拒まれたが、彼は呪詛返しをしないとは言っていない。もしや一人で何かしようとしているのでは、と思うと心配でたまらなかったのだ。生き急ぎ、自分の知らないところで倒れたらどうしようと、そんな不安が清芽の中からどうしても消えなかった。

「少しは懲《こ》りたかと思えば……」

「俺にキスしたこと？」

平気な振りをして言い返すと、むっとしたように黙り込む。

「あんなの大した傷にはならないよ。凱斗がどう振る舞おうと、それで俺に何をしようと、俺は懲りたりなんかしない。そりゃ、傷つかないって言ったら嘘になるけど……でも……」

「…………」

「でも……」

どうしよう。先の言葉が全然出てこない。

だが、当たり前だ。今のは嘘だからだ。優しいキスしか覚えていない唇に偽りのスタンプを押されたようなものなのに、傷ついていないわけがなかった。

「え……と……」

焦るばかりで俯《うつむ》く清芽の耳に、溜め息が聞こえてきた。迷惑なんだな、と思うのに、どうしても笑って顔を上げることができない。永遠の別れでなし、目的が同じなら会う機会はいくらでもあるだろう。神隠しの時に味わった絶望に比べたら、何だって耐えられるはずだ。そう理屈ではわかっているのに、離れたくないと口から出てしまいそうになる。

「佐原教授の研究室に行く」

「え？」

意外な名前に、思わず訊き返した。

佐原はM大に勤める民俗学の教授で、四十半ばの若さでありながら土着信仰の分野では第一人者と言われている。今回の祟り巫女の件では自身の好奇心を大いに刺激されるのか、呪詛返しについても何かと力になってくれていた。

「じゃあ、やっぱり……やるんだよね、呪詛返し」

「御影神社にいなくても、成功のための調査はできる。一緒に戦うことはできないが、何かあれば情報を流してやる。だから……」

清芽の縋るような視線とまともにぶつかり、彼は苛々したように横を向く。

「そんな顔をするな」

ぶっきらぼうに言い残し、凱斗は踵を返しかけた。その右腕を反射的に掴み、清芽は「待ってよ！」と思い切り叫ぶ。眠っていたヒヨドリが驚いて、御神木から数羽が飛び立った。

「おい、大きな声を……」

「何か言えよ！」

去ろうとした背中を見た瞬間、清芽の中で何かが弾ける。

ずっと呑み込んできた感情が膨《ふく》れ上がり、いっきに爆発する音が聞こえた。

「何か、もっとひどいこと言ってくれよ！　キスくらいじゃ全然足らないよ！　本気で凱斗を嫌いになれるように、俺をとことん傷つけて出て行けよ！」

「清芽……」

「待ってたのに……」

溢れる雫《しずく》が、ぽろぽろと頬を伝い落ちた。泣いている自覚もないまま、清芽は力なく凱斗の胸を叩く。握られた拳《こぶし》は小さく震え、その手を凱斗が摑んだのも気づかなかった。

「待ってたんだ……ずっと……」

「…………」

「生きた心地がしなくて……もう帰ってこなかったらどうしようって……俺のせいで、俺の身代わりになってって、そんなこと思ったら絶望的な気分になって……」

違う、そんなこと言いたいんじゃない。首を振り、涙が夜に散っていく。引き寄せられ、凱斗の胸に顔を埋めた。優しくするなと言いたいのに、逸《はや》る鼓動が邪魔をして言えなかった。

「帰ってくるの、ずっと待っていたんだよ……それなのに……」

「清芽……」

「凱斗がいないと、息が上手くできない。何を見ても色がつかない。心の底から笑えない」

次々と堪えていた本音が口から零れ、止められなかった。こんなにも淋しかったのかと、自分の言葉で初めて痛感する。そうだ、淋しくて死にそうだった。呪詛返しが成功し、怨霊《おんりょう》に怯える日々から解放されたとしても、この先ずっと一人ぼっちだ。

「おまえは一人じゃない。わかっているだろう?」

清芽がくり返し訴えるセリフに、凱斗が困惑気味に答えた。

ダメだ、彼は何もわかっていない。いや、覚えていない。自分がどんなに凱斗を好きか、凱斗がどれほど深く愛してくれたのか。ちっとも伝わらないもどかしさが、新たな涙になって落ちていった。

「一人だよ……」

潤んだ声で清芽は言う。

それは、ほとんど無意識の本音だった。

「凱斗がいないなら、一人と一緒だ」

「…………」

「誰もいらない。凱斗がいれば、俺はそれで良かったのに……」

今更、言ったところで何も変わらないけれど。

焦《じ》れたタクシーが、クラクションを短く鳴らした。もう離れなければ、そう思うのに身体が動かない。たとえ次にすぐ会えるとしても、諦めてくれ、と言われた以上、過去の全部を捨てなくてはいけないだろう。だから、最後の我儘だと許してほしかった。

——行かないでよ。

それだけは言葉にできず、清芽は心の中で呟いた。


翌日、櫛笥と煉はレンタカーで同じY県にある月夜野の分家へ出かけていった。

「どうしたの、清芽くん。そんな浮かない顔して。一人で留守番は不安かな？」

見送りに出た顔を見て、櫛笥が明るくからかってくる。祟り巫女への恐怖をできるだけまぎらわせようという心遣いが感じられ、清芽は慌てて笑顔を取り繕った。

「嫌だな、そんなことないですよ。途中で佐原教授の研究室に寄るんでしょう？　安全運転で気をつけてくださいね。この間は、行く道中でもいろいろあったみたいだから」

「いろいろって、カーナビが狂ったりバックミラーに死霊が映り込んだりとかだろ。そんなのレンタカーあるあるで珍しくもないから、心配すんなって」

「……煉くんがいれば安心だよ」

けろりと言い放たれ、そんな話を聞いたら一生レンタカーに乗れなくなるじゃないか、と恨めしくなる。とはいえ、心霊現象を軽口で流してしまう雑さは頼もしくもあった。

「夜までには戻ってくるけど、そういえば凱斗くんは？　朝食にも顔を見せなかったよね」

「明良さんもだぜ。昨日、俺が水を持ってった時は元気そうに見えたけど」

「あ、え～と、凱斗はちょっと用事があって出かけて、明良は夜の間に熱が上がって」

「…………」

「本当だよ？」

疑惑の眼差しを向けられて、苦しそうに言い訳をする。実際、明良が熱を出したのは嘘ではなかった。水神に憑かれた事件以来の不調なので、これには本人もまいっている様子だ。

だが、凱斗の話は詳しくできなかった。

昨日の夜、本殿で起きた出来事については清芽もまだ整理ができていない。しつこく食い下がるのを黙らせようとしたのか、あるいは本人にも説明のつかない衝動だったのか、真意を問うことさえできずに逃げ出してしまったせいだ。後から冷静になって、改めて話をしたいと思った時には遅く、夜の間に立ち去ったと真木から伝えられた。

「センセエ？　大丈夫か？」

うっかり沈みそうになったところを、不安げな煉の声が引き上げる。急いで気を取り直し、清芽はにっこり笑い返した。敏い彼には、余計な心配を増やしたくない。

「ほら、二人とも時間だよ。佐原教授、そわそわ待ってるんじゃない？」

「あの人も、ほんと物好きだよなぁ。いくら研究のためだからって、よく懲りもせず首を突っ込めるもんだよ。ま、お蔭で助かってるけどさ。ガクジュッテキケンカイ？　何か、そういうのも必要だって櫛笥が偉そうに言ってるし」

「偉そうは余計でしょ。じゃあ、清芽くん。行ってくるよ」

「はい、行ってらっ……あ、ちょっと待って」

羽織ったパーカーのポケットから、携帯のバイブ音が鳴り出した。もしや凱斗か、と顔色を変えて取り出すと、ラインの着信が入っている。差出人は立石《たていし》という大学の友人だ。

何だ、と溜め息をつき、櫛笥たちに「すみません、大丈夫です」と頭を下げた。じゃあね、と母屋の駐車場に停めてある車へ彼らは向かい、清芽はラインの画面を開く。大学の友人たちは新学期になっても顔を出さない清芽へ何度か連絡をくれているが、親の病気ということでごまかしているので、気が引けないと言ったら嘘だった。

「……え？」

いつもの近況メールかと画面に視線を落とした清芽は、意外な内容にハッとする。直後に弾かれたように駆け出し、櫛笥たちの後を懸命に追いかけた。血相を変えた様子に面食らい、今にも車に乗り込もうとしていた二人は「どうしたの？」と動きを止める。

「清芽くん、顔が真っ青だよ」

「あったんです！」

「え……」

「悠一郎との接点が！　彼が盗んだ自転車で会いに来た理由が！」

「ど、どういうこと？」

わけがわからず、櫛笥も煉も困惑気味だ。清芽は持っていた携帯電話を差し出し、半ば興奮気味にまくしてたてた。

「去年、大学の友人から借りた自転車を盗まれたことがあったんです。イタリア製の高額なやつで、それで弁償金が必要になって幽霊屋敷の除霊バイトに……」

「それって、俺たちとセンセエが出会った依頼だよな？」

「うん。知り合った凱斗に、割のいいバイトがあるって誘われたんだ。胡散《うさん》臭い話だと思ったんだけど、あの時はどうしても早急にお金が欲しかったから。だけど……」

「〝ビアンキが戻ってきた。弁償金を返すよ〟……ここに、そう書いてあるね」

「そうなんです！」

立石からのラインには、続いてこう記されていた。

連絡のあった警察の話だと、自転車はY県で見つかったらしい——と。

「櫛笥さん、言ってましたよね。悠一郎が乗ってきた自転車、青いロードバイクだったって。それは、ビアンキというブランドです。俺の友人が所持していたのと同じメーカーです」

「何だって……」

「間違いありません。月夜野の分家に乗り捨てられた自転車は、俺から盗んだものです」

確信を持って、清芽は断言する。

予想だにしない真実に、しばらく誰も二の句が継げなかった。

## 2

雑多な人ごみと絶え間ない喧騒《けんそう》。静寂に包まれた神社での暮らしとは、まさに百八十度違う世界だ。東京《とうきょう》の某駅へ降り立った清芽《せいが》は、ほんの一、二ヶ月離れていただけなのに、と目まぐるしい空気に圧倒されている自分を笑った。大学進学時に上京したので、むしろ東京での生活の方が馴染《なじ》んでいるはずなのだが、この戸惑いはどうしたことだろう。

（まぁ、無理もないか。現実とは思えないような出来事が、夏から秋にかけて目白押しだったんだもんな。しかも、まだ解決の糸口にも辿《たど》り着けていないんだし）

立石《たていし》からのラインを受け取った後、清芽は急いで身支度を整えて東京で彼と会う約束をとりつけた。Y県から都心までは特急で数時間かかるが、すぐに出れば午後早めには到着する。ついでに、閉めきったままの明良《あきら》と暮らすマンションに寄って、予期せぬ長期滞在に備えて着替えなどを持ってくるつもりだった。

（ちょっと久しぶりのせいか、懐かしいな）

待ち合わせ場所は、立石の家の近くにしてもらった。講義が終わった後で来てくれることになっているが、問題の自転車はまだ引き取りに行っていないそうだ。発見の連絡があったのが一昨日なのだから、それも無理はなかった。

「よう、葉室《はむろ》。おまえ大丈夫なのかよ、出てきて」

指定された店に入ると、窓際の二人席から声がかけられる。立石は、早めに来て待っていてくれたようだ。構内のカフェでよく彼と冗談を言い合った日々を思い出し、清芽は深く息を吐いた。何だか、ずいぶん昔の出来事のようだ。

「親のことなら、一緒に帰省してる弟に頼んできた。それより悪いな、急に呼び出して」

「いや、俺も早く弁償金返したかったしさ。自転車が戻ってきた以上、もうおまえに責任はないんだし。しかし、よく見つかったよなぁ」

「そのことなんだけどさ」

僅《わず》かに声のトーンを落とし、清芽はテーブルに身を乗り出した。

「実は、立石に頼みがあるんだ。電話やラインで気軽に頼めることじゃないから、わざわざ時間とってもらったんだけど……弁償金は返さなくていいよ」

「は？」

「その代わり、あの自転車を譲ってくれないか。頼む、この通り！」

「おいおいおい」

深々と頭を下げた時、折悪しく立石が注文したカフェオレが運ばれてきた。だが、人目など構ってはいられない。カップをどこへ置けばいいのかと、ウェイトレスがまごつく気配をひしひしと感じながら清芽は「頼む！」とくり返した。

「もし弁償金で足りないようなら、言ってくれれば何とかする。とにかく、あの自転車が必要なんだ。おまえが了承してくれたら、Y署には俺が引き取りに行くから」

「何だよ、はるばる会いに来たのって俺にそれを言うためか？」

「そりゃ高価なものだし……電話やラインでってのも悪いだろ」

な～んだ、と気の抜けた様子で立石が笑い、すみません、とウェイトレスからカップを受け取る。一口飲んで目の前に置くと、彼は自分も身を乗り出してきた。

「別にいいよ。葉室がそんなに気に入ったんなら、譲ってやる」

「ほんとか？」

「ただし、大事にしてくれよ。何しろ、奇跡的な巡り合わせで戻ってきたんだからな。俺も、一年以上たってまさか見つかるとは思わなかった。何か、運命を感じるだろ」

「運命か……」

立石が言うようなロマンティックな意味とは対極を成すが、確かに運命ではあるだろう。けれど、あっさり彼が譲ってくれたのは幸運だった。櫛笥《くしげ》たちにラインを見せた時、くれぐれも自転車を友人へ渡さないように注意されたのだ。

『悠一郎《ゆういちろう》が意図的に清芽くんから盗んだのだとしたら、返してきたのにも必ず意味がある。そうでなくても、その自転車は呪詛《じゅそ》の穢《けが》れを帯びているはずだ。その友達が災いに巻き込まれないように、僕たちで浄化した方がいい』

脳裏をよぎる櫛笥の言葉には、切羽詰まった響きがあった。祟《たた》り巫女《みこ》の呪詛は、関わった人間を全て呪い殺すまで終わりがないのだろうか。

今、こうして立石と話している場面でさえ、どこかで見張られている気がする。

そう思った瞬間、ぞくりと背筋が寒くなった。

「葉室？　おい、ホントに大丈夫か？　おまえ、寝てないんじゃないか？」

「え？」

「看病疲れが出ているのかもな。自転車の件はわかったから、他に俺にできることがあったら言えよ？　講義のノートとか、いつでも貸してやるしさ。無理するな？」

「ありがとう、立石」

唐突に日常の温もりに触れ、うっかり涙が出そうになった。まずい、と慌てて再びウェイトレスを呼んで自分もカフェオレを注文する。次に友人と会う時は、普通の大学生として他愛もない会話ができるといいな、と心の底から思った。

立石と自転車の名義変更について話をし、鍵《かぎ》を郵送してくれるよう段取りをつけて別れたのは小一時間ほどしてからだった。今から自分のマンションへ寄り、急いで荷造りをすれば夜には実家に帰れそうだ。上手くタイミングが合えば、櫛笥たちも戻っている頃だろう。

「そういえば、明良から何も言ってこないな」

玄関の鍵を開ける際、ふと思いついて携帯をチェックしてみた。だが、いつもはうるさいくらい連絡をしてくるのに今日は着信の一つもない。珍しいこともある、と思ったが、病人なのでおとなしく寝ているのだろう。持ってきてほしいものがあるか訊《き》いてみたかったが、起こしたら気の毒なのでやめておくことにした。

「はぁ……」

溜《た》まった郵便物をポストからかき集め、リビングの空気を入れ換えて一息つく。小ぢんまりとした2LDKのマンションは、しばらく留守にしていただけで何だか知らない部屋に来たようなよそよそしさがあった。

（無理もないか。進学した明良とここに越してきて、まだ半年足らずだもんなぁ）

おまけに、次はいつ帰って来られるかわからない。早々に呪詛返しを行わねば、と話してはいるものの、一度失敗しているだけにどうしても慎重にならざるを得なかった。今度しくじれば、恐らくそこで皆の命運は尽きる。仮に一命を取り留めたとしても、死ぬより残酷な運命が待ち受けているだけだ。

月夜野《つきよの》は永遠に黄泉《よみ》から戻れず、凱斗《かいと》は核を失ったまま。もちろん、清芽自身にも巫女の影は一生憑《つ》いてまわるに違いない。呪詛返しが敗れるということは、〝加護〟の弱体化ないし消滅を意味するからだ。自分の魂は悪霊にとってご馳走《ちそう》らしいし、寄ってたかって喰い殺されるのは時間の問題だった。

それだけではない。櫛笥や西四辻《にしよつつじ》の二人も、何かあるごとに怨霊《おんりょう》の災いを被ることになる。穢れを帯びた身体で霊能力者としての活動は危険すぎるし、除霊に出向いたところで悪霊に餌《えさ》を与えるようなものだろう。

一番怖いのはね、と櫛笥は言った。

穢れに僕たち自身が取り込まれてしまうことなんだ、と。

（それは、生きながらの死を意味している。何に代えても、彼らをそんな目に遭わせるわけにはいかないんだ。もともと、俺が月夜野さんを救おうとしたのが発端なんだし）

葉室家は、浅からぬ因縁で月夜野家と繫《つな》がっている。巫女の呪詛を受けた点では、運命共同体と言ってもいい。しかし、櫛笥たちは好意から力を貸そうとしてくれただけなのだ。自分の意思で決めたんだ、と彼らは屈託なく言い切るが、清芽は責任を感じずにはいられない。

（だから、絶対に失敗できない）

凱斗が欠けること、悪霊のみならず悠一郎という生身の人間を相手にすること。

何もかも不安だらけだが、それでも腹を括《くく》ってやるしかなかった。

「はぁ」

あれこれ考えて気負いすぎたせいか、再び溜め息が零《こぼ》れ出た。立石に指摘されたように、何だかひどく疲れているようだ。ちょっとだけ、と思いつつリビングに寝転がり、清芽はボンヤリと築五年の白い天井を眺めた。


からからから。

どこかで、聞き覚えのある音がする。あれは、玄関に通じる廊下に作られた納戸の扉だ。建てつけの関係か、引き戸を開ける際に独特の乾いた軋《きし》みが出るのだ。

でも、おかしいな。清芽は頭の片隅で思った。

今、この部屋には自分しかいないはずだ。誰が、引き戸を開けたんだろう。

ぺたっ。ぺたっ。ぺたっ。

今度は、足音がした。裸足《はだし》で廊下を歩いている音だ。こっちへ来る、と思った瞬間、唐突に目が覚めた。同時に、全身がぞっと総毛だつ。

誰かがいる。廊下を歩いてくる。

ぺたっ。ぺたっ。ぺたっ。

冷たい汗が、脇を伝っていくのがわかった。起きなきゃ、と思うのに身体はピクリとも動かない。金縛りだ。目を開けることもできず、清芽は近づく気配に全身全霊で身構えた。

リビングのドアの前で、足音が止まる。

来るな、と必死に心で叫んだ。

「△×……×○△……○○×△×……」

ぶつぶつと、くぐもった声が聞こえてきた。意味はわからないが、不吉な響きだ。どうやら入れないらしい、とホッとした時、何者かに強く両足首を引っ張られた。

不意を衝《つ》かれ、ひ、と喉《のど》で息が止まりかける。瞼《まぶた》が開かないので、正体を確かめることもできなかった。ずるりと床を十数センチ引きずられた直後、耳元に生温い息が降りかかる。

「かァえしてぇエ」

引き絞るような声で、それは呻《うめ》いた。清芽の意識は恐怖に包まれ、思考が完全に停止する。

ドアががちゃり、と開き、再び足音が近づいてきた。

ぺたっ。ぺたっ。ぺたっ。

入ってくる。

納戸に巣食う『何か』が、とうとうこっちへやってきた。

「かぁええせェええ」

怨念の叫びが鼓膜を浸し、凄《すさ》まじい妄執《もうしゅう》が伝わってくる。怖い。今すぐ逃げ出したいのに、指一本動かない。納戸の化け物が、祟り巫女が、自分に群がる光景に身震いした。

どうして、と清芽は焦る。

〃加護〃が効かない。これまで一度たりとも悪霊を近づけさせなかったのに、何故だか〃加護〃は発動していなかった。そうでなくて、こんな事態はありえない。

助けて――絶望の中で必死に願う。

悪霊の気配、化け物の足音、このままでは頭がおかしくなりそうだ。誰でもいい。ここから解放してほしい。恐怖に喰われる前に、誰か……――。

「清芽！」

鋭い呼び声が、澱《よど》んだ闇を蹴散《けち》らした。

嘘のように金縛りが解け、清芽は汗だくで飛び起きる。薄闇の中、急いで周囲を見渡したが誰もいなかった。魍魎《もうりょう》の気は霧散し、己の荒い息遣いだけが聞こえる。

「夢……？」

半信半疑で呼吸を整え、まだ耳に残る声を追いかけた。清芽、と呼びかけてくれた澄んだ音が、自分を救ってくれたのは間違いない。けれど、誰の声だったのか確信は持てなかった。

気がつけば、窓の外は真っ暗だ。どれだけうたた寝していたのだろうと、慌てて立ち上がろうとする。しかし、足首に走る鈍痛に邪魔され、危うく転ぶところだった。

「え……」

狼狽《うろた》えながら壁のスイッチを探し、天井の照明をつける。

蛍光灯に照らされた足首には、左右にくっきりと赤痣《あざ》が残っていた。

ねぇ、何を憑けてきたんだよ。

開口一番、明良がそう言ってねめつけてきた。布団の上で身を起こし、膝《ひざ》には読みかけの本が伏せられている。熱も下がってきたので、退屈していたのかもしれない。

「つ、憑けてきたって……」

「右側。耳たぶから首筋にかけて、煤《すす》けたみたいに黒くなってる。あと足首。どうしたの」

「えっ！　俺、気づかないで電車乗って来ちゃったよ！」

「人の目には見えないから、まぁそこは大丈夫だけど」

「………」

人の目って、と思わず絶句したが、明良は自分の言葉を少しも変だと感じていないようだ。

物心つく頃にはすでに常人に視《み》えないモノを見つめ、感じないモノに触れてきたから、自然にそういう言葉が出るのは理解できる。だが、今までなら多少は「普通」を意識して振る舞っていたことを思うと、妙な開き直りの仕方に違和感を覚えた。

「こっち来て。祓《はら》ってあげる」

「う……うん、頼む」

手招きをされ、おずおずと布団の側へ腰を下ろす。昨日、凱斗か自分が呪詛返しから外れるつもりだと話を聞かされた後、兄弟でちゃんと話すのは初めてだった。

「兄さん、何で緊張してるの？　何かあった？」

「い、いや……後で話すよ」

「ふぅん？」

まぁいいや、と息を吐き、明良は居住まいを正した。長く弓道で鍛錬を積んでいるだけあって、そうするだけで空気が涼やかに張り詰める。寝間着替わりの浴衣《ゆかた》の乱れを直し、袖《そで》からすらりと上げたむきだしの腕が伸ばされて、反射的に目を閉じた。

指先が右の耳たぶに触れ、彼の口から聞き取れないほどの早口で何かが唱えられる。

「ん……」

「動かないで」

見えないラインを追うように、指でゆっくりと首筋から鎖骨まで辿られた。軽いくすぐったさに身じろぐと、凛《りん》とした声音で叱咤《しった》される。息をするのも気が引ける中、ふと弟の指が肌を伝っているのかと意識したら、非常に居心地が悪くなってきた。

「この息は我が息にあらず。入るも神の御息、出るも神の御息」

くり返される言霊《ことだま》が、次第に濁りを帯びてくる。同時に、まるで薄皮が剝《は》がれるように身体の右側が軽くなっていった。呼気に穢れを全て含ませ、明良は黒い霧に似た塊を顕現させる。

それは禍々《まがまが》しさに満ち、あんなものが張り付いていたのかとゾッとした。

「天地の玄気を受け、福寿光無量《ふくじゅこうむりょう》！」

パン！　と見事な柏手《かしわで》が打たれ、霧は跡形もなく消滅する。

流れるような一連の動きに、清芽はただ感心してしまった。

「ありがとうな、明良。お蔭《かげ》でスッキリした」

「でも、足首の痣は普通に回復を待つしかないよ。……痛む？」

「少しだけ。でも、歩くのに支障はないから」

「それならいいけど……兄さんが憑かれるなんて珍しいね。霊障が出たってことは、それだけ近づけたって意味だろ。普通なら〝加護〟に吹っ飛ばされているはずなのに」

「……うん」

そうなんだよ、と頷《うなず》き、早速マンションでの一件を打ち明ける。夢でなかったのは穢れと痣が証明してくれたが、〝加護〟が発動しなかった原因はわからなかった。しかし、それは明良も同様で一緒になって小難しい顔で考え込んでしまう。互いに黙っていても埒《らち》が明かないと、清芽はもう一つ気になっている問題を切り出してみることにした。

「あのさ、明良。俺を襲った霊なんだけど……」

「わかってる。納戸の方だろ。ごめん、俺の封印が充分じゃなかったんだな」

「そんなことあるのか？」

「え？」

間髪容《い》れずに問い返すと、明良の顔に取ってつけたような笑みが浮かんだ。強張った表情はいかにも怪しくて、清芽は思い違いでなかったことを残念に思う。

「封印が不十分だなんて嘘だろ。おまえが、そんなヘマをするわけない」

「兄さん……」

「怒らないから、言ってみろよ。どうして、中途半端にしておいたんだ」

「…………」

もともと、引っ越した当初から納戸には『何か』がいる、と明良は言っていた。生憎《あいにく》と清芽はさっぱりわからなかったので対処は任せたが、目の前で彼が即席の札を作って念を入れ、納戸の内側に貼《は》ったのは見ている。これで大丈夫でしょ、と気楽に言われたが、先刻のぺたっとした足音を思い出すだに、とても大丈夫とは思えない。

「東京に戻ったら、またあそこに住むんだぞ。おっかないじゃないか」

「そうだよね。ごめん、思ったより育つのが早くて」

「育つ？」

「飼い慣らせないかな、とか考えてさ」

「か……」

開いた口が塞《ふさ》がらないとは、まさにこのことだ。

啞然《あぜん》として二の句が継げない清芽へ、明良は困ったように苦笑いを向けた。

「え〜と、だからさ。凱斗には式がいるだろ？　亡くなった祖母の飼い猫だったとかいう」

「ジンさんのことか？」

「そう。俺はちらっと見かけたことしかないけど、あれはいいなぁ、と思って。現代日本で、式を使いこなせる呪術師はさすがに多くない。西四辻の二人だって、持ってないくらいだ。呪術師の能力もあるけど、式に相応《ふさわ》しい器が希少だってのが大きい」

「式に相応しい器……」

「もう時代が違っちゃってるから、魂に邪念が憑きやすいんだ。そうなると、質のいい式には育たない。それに、呪術師と縁がある方が使いやすいって言うしね。俺は、人型の紙みたいな使い捨てじゃなくて本物が欲しいんだ」

アルバイトでも雇うような口ぶりだが、どうやら明良は真剣らしい。しかし、俄《にわ》かには受け入れ難かった。まさか納戸の化け物を式に育てるつもりでいたなんて、と清芽は呆然《ぼうぜん》としてしまう。第一「これ以上育つの、あんまり良くないし」と言ったのは明良本人だ。

「そうなんだけど、俺が一度浄化できれば問題ないかなって。俺の住む空間に巣食っている、という意味では縁ができているし。ただ、扱いづらかったら即行で祓うけどね」

「おまえ……」

なんて情のない言い草なんだ、と清芽は呆《あき》れ返った。

何に使う気か知らないが、少なくとも凱斗はジンと信頼関係を結んでいる。だが、明良は式に対してそういう感情は持ち合わせていなさそうだ。あくまで、己の手足となる道具として育てたいと思っているらしい。術者と式の在り方としてどちらが正しいのか清芽には正直わからないが、できれば自分の弟には他者をモノ扱いしてほしくはなかった。

「おまえ、何でそんなに式神が欲しいんだよ？　普通に生活している分には、そんなモノ必要ないだろう。大体、明良なら大抵のことは自分で何とかできるじゃないか」

「そうでもないよ」

くすりと笑みを零し、明良の視線がゆるりと清芽を捉《とら》える。

「俺が側にいられない時でも、俺の式が兄さんを守れる」

「え……」

「知ってるよ。凱斗の奴、ここを出て行ったんだろ？　なら、もう帰ってこないよ。兄さんとも終わりだ。あいつのことは忘れて、俺と一緒に祟り巫女を調伏《ちょうぶく》しよう？」

「おまえなぁ！」

そんな簡単な話かよ、と声を荒らげたが、明良は少しも意に介さない。凱斗が呪詛返しから外れたのは、彼にとって一種の勝利だったのだろう。けれど、それとこれとは話が別だ。

「何度も言うけど、日常生活で俺を守ろうなんて考えるな。俺は、おまえの兄なんだぞ。それに、俺には〝加護〟があるんだから心配は……」

「だって、発動しなかったって言ってたじゃないか?」

「う……」

けろりと言い返され、悔しいが言葉に詰まった。〃加護〃の存在は呪詛返しの要であり、不安定な状態だと成否に関わるのだが、明良にとってはどうでもいいようだ。むしろ、これで兄を守れるのは自分だけだと瞳には喜びが浮かんでいる。彼にとって大切なのは、清芽にとって己の存在価値がどれほど重要か、それを正しく認識してもらうことだった。

「まぁ、兄さんは情が深いからな。すぐに切り替えろ、なんて無理な話だよね」

微《かす》かな嫌悪を感じ取ったのか、明良はやや殊勝な態度になる。

「だけど、呪詛返しを成功させたいなら未練は捨てなきゃ。凱斗は、もう降りたんだからさ。あいつは、俺の取引に乗ったんだよ。呪詛返しには、俺が残った方が有利だって認めたんだ。それなら、兄さんも俺を認めてよ。俺か凱斗、どっちかしか残れなかったって事実を」

「俺は……」

「うん」

「俺は……凱斗が好きなんだ」

こんな時に何を言っている——心のどこかで、そんな声がした。

けれど、一度もきちんと報告したことはなかったので、良い機会だと思い直す。同性であることや、明良が凱斗へ抱く強い対抗心に遠慮があって堂々と告白できなかったが、そういう自分の態度がいけなかったのだと今更ながら気がついた。

「俺は、凱斗を愛している。この気持ちは、彼が俺を忘れようと変わらない。明良、おまえが俺を心配してくれるのは痛いほどわかっているけど、恋愛に関しては口出しするな」

「兄さん……」

「凱斗が離れたのは、呪詛返しにとっても痛手だ。でも、彼がそう決めたのなら俺は受け入れるよ。だけど、終わりなんかじゃない。少なくとも、俺の中では終わっていない。ただでさえ成就が困難な恋なんだから、結論を焦っても仕方がない。それは、未練とは違うと思う」

昨夜、さんざん泣いたことを思えばずいぶんな強がりだ。

それでも、今の言葉が嘘偽りのない清芽の心境だった。

「この話はここまでだ。以後、蒸し返すな。わかったな？」

「…………」

弁の立つ明良が、珍しく黙り込んでいる。その顔は、まるで置いてきぼりを食らった子どものようだった。病み上がりなのに、言葉がきつすぎたかな。そんな懸念を抱きつつ、それでも不思議な爽快感《そうかいかん》が胸を満たす。凱斗の記憶喪失以来ぐるぐると同じ場所を空回りしていたが、本音をぶつけて何もかも曝《さら》け出したことで、やっと思考の落ち着く先を見つけた気がした。

凱斗を愛している。

確かなのは、それだけだ。芯さえぶれなければ、未来を焦ることなどない。

（そう、まずは生き延びるのが先決だ。巫女の呪詛を討ち払い、葉室家の宿業から自由になって、もう一度ゆっくり考えよう。もともと、彼が俺を見守ることから始まった恋だった。それなら、今度は俺の番だ。そのためにも呪詛返しを必ず……）

心の独白は、回転する視界によって突然断ち切られた。

え、と思った時には遅く、乱暴に布団の上へ押し倒される。伸《の》し掛かる明良の手は、清芽の両肩を摑《つか》んで震えていた。

「明良……？　おい、何をふざけて……」

「何でわからないんだよ……」

「…………」

「兄さん、何でわからないんだよ！」

悲痛な叫びが迸《ほとばし》り、清芽の感覚に突き刺さる。歪《ゆが》めた瞳を潤ませて、明良は悔しげに唇を噛《か》みしめていた。もうこれ以上は無理だと、全身で彼は訴えている。淋しいと。苦しいと。助けてくれと叫んでいるのだ。

「あき……ら……」

「対《つい》になるべく定められているのは、俺と兄さんじゃないか。そうでなきゃ、何で俺はこんな力を持って生まれたんだ！　生きながら死者の声ばかり聞いて、地獄を見て育ったんだ！　俺が狂わないでいられたのは兄さんがいたからなのに！　何で、わからないんだよ！」

「明良……おい、明良……」

雫《しずく》が数滴、清芽の頬《ほお》へ落ちてくる。それは、涙ではなく血のように清芽には思えた。無垢《むく》な魂に十九年かけて刻まれた、癒《い》えない傷から流れ続けている血だ。

誰より誇り高く弱みを見せるのを嫌う弟が、なりふり構わず感情を溢れさせている。その事実は、清芽を激しく打ちのめした。高い霊力を鮮やかに使いこなす強者の顔からは、想像もしなかった苦しみが明良を蝕《むしば》んでいる。

「兄さん、昨夜言ってたよね。〝凱斗がいなければ一人ぼっちだ〟って」

「何でそれを……」

「俺が見ていたって、気づかなかった？　凱斗は気づいてたよ。だから、何も言わないで出て行ったんじゃないか。泣いている兄さんに、慰めの一つも言わないでさ！」

「え……」

嘘だろ。咄嗟《とっさ》に、そう言いそうになった。

あの場に明良がいたのなら、会話を全部聞かれていたのか。そう思った瞬間、羞恥《しゅうち》で顔が熱くなる。人前であんなに泣くなんて、ここ何年もなかったことだ。もちろん、明良の前でも泣き顔を見せたことなどない。

「ねぇ、兄さん。あれ本当？　凱斗しか、兄さんの世界にはいないんだ？」

「明良……」

ぽろぽろっと、明良の瞳から涙が零れ落ちた。

昨夜の自分と重なり、清芽の胸が鋭く痛む。

「それって、ひどくないかなぁ。凱斗がいないと一人って、じゃあ俺はどうなんの。俺は、兄さんの世界に生きてないの？　他に誰もいらないって、つまり俺もいらないって意味？」

「ち、違うよ」

「じゃあ、どういう意味だよ！」

悲痛な叫びが空気を震わせ、びりっと肌を叩《たた》いた。だが、ここで何を言っても言い訳にしかならないし、明良はそんなものを求めてはいないだろう。傷つけてしまった、という思いが清芽を苛《さいな》み、ただ彼の涙を受け止めることしかできない。

「苦しい……」

儚《はかな》く呟《つぶや》き、明良は綺麗《きれい》な顔を歪めた。

今にも死んでしまうのでは、と不安にかられ、清芽は両手を伸ばして頬に触れる。濡《ぬ》れた手のひらに熱く吐息を落とし、明良は絞り出すように訴えた。

「兄さん……俺を……」

「明良……」

「俺を引き留めてよ。俺を人間でいさせてよ。俺が必要だって言ってくれよ！」

その瞬間、清芽の脳裏に凱斗の言葉が蘇《よみがえ》る。

おまえが、あいつを現世に引き留めている――。

残酷な予言。避けられない未来。

ここで拒めば、恐らく自分は永遠に明良を失う。

「兄さん……」

何が正しい選択か、そもそも正解なんてものがあるのか、清芽にはわからなかった。はっきりしているのは、愛する弟が立っているのは生者と死者の境目であり、抱き寄せて生かすか突き飛ばして闇に堕《お》とすかの二択しかないということだ。

おまえが大事だよ、と口にするのは容易《たやす》い。実際そうだし、この世に二人きりの兄弟だ。けれど、明良が望んでいるのは『全て』だった。清芽の全部を捧げろと、彼は言っている。愛や情といった、他人と分け合えるものに意味はないのだ。それほど、その身に備わった能力は桁《けた》違いだった。そう、正気を保つのが難しいくらいに。

「明良、俺は……」

傷だらけの弟は、許しを乞《こ》うている。

人として生きていいのだと、群がる悪霊から兄を守ることで肯定したいと思っている。

「俺は……」

まだ、清芽にはためらいがあった。たった今「凱斗を愛している」と告げた唇で、一体何を語れと言うのか。呪われた身で生を受けたばかりに、明良に背負いきれない業を押しつけてしまった。その罪を贖《あがな》う機会は、続く一言にかかっているというのに。

「俺は、おまえを」

「――何してるの、君たち」

冷ややかな声が、一瞬で二人を現実に引き戻す。

開かれた障子から、櫛笥が険しい顔でこちらを見つめていた。

「帰ってみたら、母屋に誰もいないし。明良くん、寝てなくていいの？」

「櫛笥……」

組み敷いた清芽の上から、明良が忌々《いまいま》しげな視線を向ける。それでも、のろのろと身体を起こそうとしたら素直に退いてくれた。整理のつかない頭で立ち上がりかけた清芽は、大きくよろめいて急いで近づいた櫛笥に支えられる。自分でも戸惑うくらい、全身にまったく力が入らなかった。鼓動はバクバクと音をたて、足元が崩れる感覚に震えが止まらない。

「大丈夫？」

「は……はい」

短く頷き、清芽は何とか優しい腕を押し返した。今の明良の前で、誰かに頼る姿を見せたくはない。とにかく一度冷静になって、いろいろ考え直したかった。

「兄さん」

ふらつく足取りで出て行こうとした背中に、明良が声をかけてくる。

逃げるのは許さない、と真っ直ぐな響きから伝わってきた。

「答えが出たら教えて」

「……ああ」

かろうじてそれだけを口にし、清芽は自分の部屋へ向かった。


「尊《たける》、そろそろ出て来いよ。おまえ、死んじゃうぞ」

夜の帳《とばり》がしっとりと降りる中、お堂の前に立った煉《れん》が囁《ささや》くように言った。

先ほど櫛笥と一緒にM大の佐原《さはら》教授を訪ねて戻ったばかりだが、帰り道で妙な胸騒ぎを感じて、車から降りるなり一目散に駆けて来たのだ。

「なぁ、今日で四日目だ。体力がもたないって。もし、おまえに何かあったら……」

相手の無事を確認したくて、非常手段の泣き落としを使ってみた。本当はこんなみっともない真似《まね》はしたくないが、どうしても自分の目で無事を確かめないと気が済まない。

「たけるぅ……」

「ウソ泣きってバレバレだよ、煉」

「おい、久々のセリフがそれかよ」

扉は開かなかったが、中から声がした。甘い語尾の穏やかな声音は、些《いささ》かの疲労も感じさせない。少しホッとして一歩近寄り、煉は扉に右の手のひらを当ててみた。たとえ一枚の板で隔てられていても、精神を集中させれば尊の感情を受け止めることができる。から元気や嘘をついていないかなど、言葉では判断できない〝気〟を感じられるからだ。

「首尾はどうだよ。何かわかったか？」

「難しいね。この前もそうだったけど、とにかく昔のことすぎて情報が集まらない。あと、祟り巫女と関わるのを恐れて近づいてこない連中もいるし。でも、赤子が生きていたって知っていろいろな疑問に納得がいったよ」

「納得？」

どういう意味だと問いかけると、尊は聡明な口調で語り出した。

「そう。僕は、もともと疑問だった。確かに祟り巫女の怨みは凄まじいけど、月夜野家を末代まで祟るとか、清芽さんの魂に悪霊が群がるよう呪をかけるとか、あまりにも呪力が強すぎるだろ。それが、ちょっと引っかかっていたんだ。霊は自然界に属している。だから、どんな強烈な想いであろうと年月と共にすり減っていくものなのに」

「まぁなぁ」

「まるで、悪意の供給があったみたいじゃない？」

「悪意の供給……」

口の中で反芻《はんすう》し、あ、と煉は声を上げる。

頭に浮かんだのは、月夜野が〝狩り場〟として事故物件を利用した件だった。彼は祟り巫女に対抗する式を育てるべく、事故物件の穢れに触れて死んだ人々を悪霊に餌として与えていたのだ。結局、その目論見《もくろみ》は失敗に終わったが、あれと同じことが祟り巫女にも行われていたとしたら――そこまで考えた途端、ぞくりと寒気に襲われた。

「じゃあ、巫女の赤子……正確にはその子孫たちが、代々に亘《わた》って巫女に力を与えていたって言うんだな？　非道な方法で死んだ、恐怖や怨嗟《えんさ》に満ちた魂を……」

「食わせていたんだろうね、定期的に」

手のひらに、微《かす》かな怯《おび》えが響いてくる。

努めて平静を保っていても、やっぱり尊だって怖いのだ。

「神様だって、信仰という供給が途切れれば衰える。未来永劫《えいごう》、なんて簡単に言うけど、そんなものはないんだと僕は思う。存在を永続的に定義づけるのは〝在ってくれ〟と望む意志の作用なんだよ。つまり、いてほしいと強く望まれ続けること――それが祟り巫女の源」

「え、ちょっと待てよ。大体、何でそんなに執着するんだ？　子孫にとっちゃ、そこまでの怨みは月夜野にもセンセエにもねぇだろ？」

「でも、実際に呪いは現代でも有効だ。清芽さんの〝加護〟が、何よりの証拠じゃないか。あれは、祟り巫女の呪詛から清芽さんを護るために憑いている。まだ正体は摑めないけど、いずれ僕がきっと霊視に成功してみせるよ」

この数日、考えをまとめるには充分な時間だった。霊媒《れいばい》の方は上手くいっていないが、一人で籠《こ》もった甲斐《かい》はあったと思う。そんな自負を窺《うかが》わせる尊の言葉は、しかし一瞬の沈黙の後に小さな不安に変わった。

「煉？　どうした、何かあった？」

「…………」

「煉、返事してよ」

ねっとりと、夜に異物が紛れ込んでくる。

扉越しの不穏な気配は、尊にも敏感に感じ取れたようだ。うっかり悟らせてしまった不覚を悔い、煉はすぐさま陽気な口調を取り戻した。

「あ～、ごめん。俺、ちょっと野暮用を思い出した」

「何、そのオッサンみたいな言い方。また漫画の影響？」

「そんなとこ。出てきたら貸してやるよ。じゃ、また後でな」

「あ、待っ……」

強引に話を打ち切って、扉から素早く右手を離す。

「くそ、よりによって俺一人かよ」

一度目を閉じ、長く小さく息を吐いた。

直後に振り返りざま、中指と薬指を絡ませた金剛橛《こんごうけつ》の印を組む。

「オン・キリキリ・バザラ・バジリ・ホラ、マンダマンダ・ウン・ハッタ！」

バチッと青白い火花が散り、前髪が風圧に浮き上がった。そのまま跪《ひざまず》き、印を組んだ手を思い切り地面へ振り下ろす。三ヶ所を叩いて念を込め、再びお堂を背にして立ち上がった途端、地を走る閃光《せんこう》が尊のいるお堂をぐるりと囲んだ。

「煉、何したんだよ？　急に気配が絶たれたけどっ？　煉っ？」

中から、尊の狼狽《ろうばい》しきった声がする。即席の結界だが、空間ごと外界から遮断《しゃだん》したのでこちらの音は聞こえないはずだ。まずは安心、と胸を撫《な》で下ろし、不敵な笑みで顎《あご》を上げた。

「まぁいいや。一度、ガチでぶつかってみたかったんだ」

高まる興奮が血を沸き立たせ、心細さを凌駕《りょうが》する。

うそぶく言葉に反応し、茂みの影から醜悪な邪鬼が広がった。

「祟り巫女……」

正視に耐えない異形の姿に、煉は思わず唾を呑《の》み込んだ。

髪を振り乱した女の頭部から、歪《いびつ》な右手と右足が生えていた。それらがもぞもぞ蠢《うごめ》き、地を這《は》うように近づいてくる。おぞましい臭気が夜風に混じり、不浄のうねりが闇を騒がせた。ギロリと剥《む》いた目玉は充血して焦点が定まらず、彼女が動くたびに腐った皮膚が頬からだらりと垂れ下がる。

「アァアぁアアアア」

女が絶叫した。断末魔のような叫びだ。

身体を切り刻まれ、激痛と恐怖で染まった声は耳を覆いたくなるような不協和音だった。煉は懸命に堪《こら》え、慎重に攻撃の機を窺う。

「ウアァぁアァアァアアアア――ッ」

ひとしきり叫んだ後、女がゆっくりと首を右へ曲げた。ギギギ。ギギギ。折れた骨がうなじから飛び出し、千切れた血管が首筋にべたりと張り付いている。

「かエ……して……」

濁った目が、煉を見つけた。

ニタリ、と唇が狂気の笑みを作る。

「かぁえしてぇ……」

その瞬間、祟り巫女が完全に復活したことを煉は知った。


清芽が出て行った後、きまずい沈黙の中で櫛笥は自分がどうすべきか考えていた。

明良の機嫌は最悪だし、出直すのが無難なのはわかっている。だが、ここで彼を一人にするわけにはいかなかった。何より、明良がまだ未成年だという事実を忘れていた自分が腹立たしい。王様だって人の子なのに、最強の霊能力者という肩書きに惑わされすぎていた。

（いや、違う。今までは、それで良かったんだ）

年齢こそ自分の方が上だが、圧倒的な力の差が明良への畏怖として根付いている。だからこそ彼がどんな言動を取っても理解することができたし、結果として己の立ち位置をかろうじて明良の側に作れた——という自負があった。このままいけば、近くから葉室兄弟の複雑な宿命の行き先を見守っていく、という望みを密《ひそ》かに叶《かな》えられると思っていた。

けれど、そんな悠長な願いは捨てるべきかもしれない。

櫛笥は厳しい眼差しを明良へ見据《みす》え、年上らしく問いかけた。

「説明してくれないかな。君、清芽くんとどうなりたいの？」

「うるさい」

「答えになっていないよ。少しは年長者に対する口の利き方を考えたら？」

「……は？」

凍りつくような瞳が、ようやくこちらへ向けられる。ひと睨《にら》みで呪殺されそうな迫力だが、ともかく視界に入ることには成功した。

（よし。まずはここからだ）

櫛笥は怯《ひる》みかけた心を立て直し、真っ直ぐ視線を受け止める。

「忘れたわけじゃないよね？　君は、清芽くんに〝自分を選ばせる〟と言った。それなのに、どうして脅迫紛いの行為に走るんだ。矛盾しているとは思わないの」

「誰が、いつ兄さんを脅迫したよ」

「あんな縋《すが》り方をしたら、清芽くんは君を突き放せない。それがわかっているから、今まで堪えてきたんじゃなかったの？　二荒《ふたら》くんのこともそうだよ。今朝の清芽くんの態度から、もしやと思っていたけど、やっぱり彼は外れたんだね。しかも、そう仕向けたのは君か」

「仕向けたなんて、人を策士みたいに言うのはやめろ。俺は、おまえが残るなら俺が外れる、と凱斗に言っただけだ。その結果、出て行ったのはあいつの自由意思だ」

「とぼけないの。そんな言い方をすれば、二荒くんだって去らざるを得ないだろう。戦力うんぬんの前に、実の弟に裏切られたら清芽くんのダメージは計り知れないからね」

「おまえ……」

　痛いところを容赦なく突かれ、明良が珍しく気色《けしき》ばんだ。清芽以外の人間が何を言っても感情を揺らがせることなど滅多になかったので、これは異例の事態と言える。櫛笥は微かな手応えを頼りに、慎重に会話を進めていった。

「記憶を失くした二荒くんは、表面上とても清芽くんに冷たかった。だけど、それは彼自身に戸惑いがあったせいだ。決して、嫌っているとか無関心なわけじゃない。明良くん、君の行為は図らずも彼の真意を証明していたんだよ」

「…………」

「二荒くんは、清芽くんを気にかけている。裏切り者扱いされるのを、甘んじて受けるくらいにね。今の彼にその自覚があるかはわからないけど、自分を犠牲にしても清芽くんを祟り巫女から救おうとした想いは、少しも失われてなんかいないんだ」

「自分を犠牲？　凱斗には勝算があったんだろ？」

綺麗事で済ませるな、とでも言うように、荒々しく明良は吐き捨てる。

櫛笥は嘆息し、無言で彼の傍《かたわ》らに腰を下ろした。

「今日訪ねた佐原教授からも、見解を伺ってきたよ」

迷惑そうな様子を無視し、大胆に顔を近づける。おい、と相手は鼻白んだが、絶対に目を逸《そ》らさせないことが重要だった。

「確かに、教授も二荒くんには強《したた》かな計算があったはずだと言っていた。でも、根底にあるのは清芽くんへの深い愛情だ。君だってそれを感じるから、こうして焦っているんだろう？」

「焦る？　俺が？」

「そうだよ」

みるみる、明良の顔に朱が走る。年相応の表情に、櫛笥は少し安堵《あんど》した。

「櫛笥、いい加減に口を慎め。俺を怒らせたいのか？」

「いいよ、怒っても」

「…………」

「怒ってもいいんだよ、僕には」

だって、と眼鏡《めがね》越しの瞳を和らげる。

「君が何者なのか、僕はずっと見てきた。葉室明良は最強の霊能力者で、実年齢より大人びていて、兄の清芽くんを守ろうと必死に生きてきた。それを知っているから、どんなに取り乱した姿を見たって幻滅なんかしないよ。僕は、君を尊敬している。その凄まじい力には、畏敬の念すら抱いている。それに、明良くんは僕を救ってくれただろう？」

「そんな覚えは……」

「霊力を失った僕に、再び力を取り戻させてくれた」

櫛笥にとって、霊能力を失うというのは自我を根底から揺るがす事件だった。一時的なものではあったが、それでも短期間で戻せたのは明良の元で修行したからだ。

「そんなことで？」

大袈裟《おおげさ》な、とでも言いたげに、明良はふっと皮肉に笑う。別におまえのためじゃない、とその目が言っていた。実際、彼は多忙な父、真木《まなき》の代理として指導に当たっただけだ。けれど、櫛笥にとってはそれこそが些末《さまつ》な問題だった。

「たった一言でも、一瞬の笑顔でもいい。何に救いを見出すのかは、人それぞれの事情で違ってくる。清芽くんの〝加護〟によって命拾いした二荒くんと、霊力を持たない兄を守ることで存在意義を見出している明良くん――ほら、君たちが清芽くんに見出した救いだって実に対照的じゃないか」

「…………」

「だから、明良くんにも知ってほしいんだ。清芽くんの〝加護〟と同じように、君の力が誰かを――僕を救ったということを。それを、僕は生涯忘れないでいるんだと」

どうして熱弁を揮《ふる》われるのか、明良にはよく呑み込めないらしい。怪訝《けげん》そうな顔で黙り込んでしまう様子を見て、無理もないなと櫛笥は溜め息を零した。彼にとって清芽は唯一無二の存在であり、他人の体験と同列で語られてもピンとこないのは当然だ。

それでも、櫛笥の熱に感じるところはあったようだ。

一方的に話を終わらせようとはせず、珍しく明良は自分から口を開いた。

「俺は……兄さんを凱斗には渡したくない」

「……うん」

「普通の可愛《かわい》い女の子なら、きっと良かった。霊力や呪詛なんか無関係の、平凡で優しい子が兄さんの恋人だったら構わなかったんだ。そうすれば平和だったのに」

「それは、そうだろうね。彼女が普通の子なら、清芽くんに群がる悪霊とは戦えない。結局、彼にとって一番必要な存在は自分だと思えるからじゃないの」

辛辣《しんらつ》な言葉をあえてぶつけてみると、沈黙の肯定が返ってくる。櫛笥はやや表情を緩め、今度はわざとらしく息を吐いてみた。呆れた気配を察して、むっとした視線が向けられる。良かった。話を続けよう。そう、胸の中で語りかけた。

気まぐれな王様の関心を引くには、プライドを揺さぶるのが一番早い。

「俺に意見をするな。おまえが、兄さんとどうなりたいか訊くから答えたまでだ」

「はいはい、そうだったね。でも、だからってさっきみたいな迫り方は良くないな。ただでさえ清芽くんはいっぱいいっぱいなのに、追い詰めてどうするの」

「違う！　追い詰められているのは……」

一瞬、明良が声を張り上げた。

ハッとして息を詰め、彼はすぐさま櫛笥から目を逸らす。

「……兄さんじゃない」

「明良くん……」

悔しそうに漏《も》らした呟きに、胸を衝かれる思いがした。

確かに、彼の言う通りかもしれない。清芽も辛《つら》い局面に立たされているが、明良はそれよりずっと以前から薄氷を踏むような思いでギリギリの際《きわ》にいたのだ。

兄弟だから一番近くにいられたが、それ故に清芽は彼のものにはならない。同性の霊能力者に恋をするという予想外の事態が起こっても、その対象は自分ではありえないからだ。

それでも、ただの恋ならマシだった。恋人にするだけなら、魅力的な人は他にもたくさんいる。もちろん、そう簡単な話ではないけれど、いずれ時間が解決してくれるだろう。

けれど、明良が必要としているのは清芽の魂だ。

他には替えが利かないし、少なくとも明良はそう思い込んでいる。

「ねぇ、明良くん。清芽くんからの答えは、呪詛返しが終わるまで待てないかな」

「それこそ、おまえには関係ない」

「でも、今度の呪詛返しが失敗したら返事どころじゃなくなるよ。その方が問題だろう」

「……………」

「大体、君の願い通りに二荒くんはいなくなったんだから、焦る必要はないじゃないか。清芽くんだって、今は個人的感情は棚上げにして呪詛返しに気持ちを集中させている。それに、祟り巫女に関係した僕や煉くんたちにとって、すでに呪詛返しの成否は無関係じゃない」

ギギギギ。

「だから……」

話しながら、妙な違和感が櫛笥を襲った。

何だろう。外の空気がざらついている。

思わず振り返った先に、開け放した障子の向こうが見えた。中庭に面した廊下があり、硝子《ガラス》戸には照明の下の自分たちが映っている——はずなのに。

「これ……」

「――来たな」

明良が音もなく立ち上がり、好戦的に瞳を輝かせる。

硝子戸には、何も見えていなかった。ただ、べったりと闇があるだけだ。そこから、禍々《まがまが》しい臭気がとめどなく溢れ出てくる。妄執と憎悪。凝固した怨念の臭い。こみ上げる吐き気を堪え、櫛笥も急いで腰を上げた。

「どこ？　ここじゃないよね」

「ちょっと待て」

明良は軽く意識を集中させ、数秒もしないで身を翻《ひるがえ》す。何の説明もなしか、と思いつつ、櫛笥も無言でその後を追った。駆けながら（そういえば煉くんは）と、嫌な予感に心が逸《はや》る。お堂の尊が心配だと向かったまま、母屋へ帰ってきた様子がなかった。

「舐《な》められたもんだな」

「え？」

「笑っている。……喜んでいるんだ」

「それって……」

ぞっと鳥肌が立ち、櫛笥は顔色を変える。

祟り巫女の狂った哄笑《こうしょう》が、自分にも聞こえてくる気がした。

「オン・バザラ・ヤキシャ・ウン！」

凛と張りのある呪と共に、煉が金剛夜叉《やしゃ》の印を振り下ろす。

鮮やかな雷が闇を切り裂き、軌跡に沿って地表が抉《えぐ》れていった。

ドン！

衝撃波が祟り巫女とぶつかり、周囲の木々が派手に揺れる。しかし、放った調伏の念は彼女の前で効力を失い、光の粒となって霧散した。

「くそっ」

煉はすぐさま印を組み替えると、態勢を整えようと息を吸う。だが、その耳にカサカサと嫌な音が流れ込み、ハッと気づいた時には遅かった。

「ギャァアハハハハァッ！」

「うわッ」

目の前に、祟り巫女が迫る。笑っていた。

焦点の合わない目に、どろりと黒い血が湧《わ》いてくる。

「ギャーァアアアアアアアッ！」

甲高い叫びが耳をつんざき、脳天まで突き抜けた。くらりと眩暈《めまい》が煉を襲い、思わず後ずさろうとする。だが、足首は捻《ね》じれた右手に摑まれていた。バランスが大きく崩れ、よろめいた身体は仰向《あおむ》けに地面へ倒れていく。

ヤバい――反射的に目を瞑《つむ》った。

その背中に衝撃が走る直前、誰かの腕にがっしりと受け止められる。

「一人で何をやってるんだ、おまえは！」

「……二荒さん……」

「単独でどうにかなる相手かどうか、考えなくたってわかるだろうが！」

頭ごなしに怒鳴られて、何が何やら混乱した。昼の車中で「二荒くんは、ここを出て行ったんだと思う」と櫛笥から聞いたのだが、あれは間違いだったのだろうか。

「か、帰ってきてくれたの……？」

「ノウボウ・タリツ・ボリツ・ハラボリツ……」

「無視かよ！」

「シャキンメイ・シャキンメイ・タラサンダン・オエンビ・ソワカ！」

地に片膝《ひざ》をつき、右腕で煉を抱えた姿勢で凱斗が早口の真言を唱えた。目にも留まらぬ速さで組まれた印が、強烈な一撃を巫女に与える。

「アァァア！」

右目から血しぶきを上げ、巫女の手が煉の足首から離れた。彼女はごろごろと地面をのたうち、血まみれの顔が怨《うら》めしげにこちらを見据える。

ギギギ。うなじを突き破った骨が、尖《とが》った先端を月光に光らせる。

ギギギ。ギギギ。折れた首が不吉に軋み続ける。

「煉！」

「わかってる！」

パン！

澄み切った音を夜気に響かせ、身を起こすなり煉が両手を合わせて叫んだ。

「八釼《やつるぎ》や、波奈の刃のこの剣、向かう悪魔を薙《な》ぎ祓うなり！」

大きく息を吸い、次いで魔切りの十字を切っていく。

「天！　地！　玄！　妙！　行！　神！　変！　通！　り……」

不意に、煉の声が途切れた。

闇の一部が、どろりと溶け出している。まるで意志を持つ生き物のように、それはぐるぐるとゆっくり回転を始めた。呼応して祟り巫女が歓喜の声を上げ、口からだらだら鮮血を垂れ流す。おぞましい光景に二人は息を呑み、闇の渦《うず》に目を見張った。

「え……何……」

「煉、下がれ！」

危機を察して前へ出た凱斗が、庇《かば》うように右腕で制した。

闇の輪郭がぶれ、白いスニーカーの先端がゆっくりとはみ出してくる。

「な……」

死霊ではない。生きた人間だ。

困惑の中、見知らぬ青年の右半分が現れた。左側は闇に残したまま、縦に二つに割られた奇妙な姿で、彼は感情のない笑顔をこちらへ向ける。

「無駄だよ」

何の起伏もない声が、そう呟いた。

ムダダヨ。

前回の呪詛返しをやった際、祟り巫女が吐いた言葉が不吉に重なる。

「みんな死ぬんだよ」

それが決定事項であるように、彼は言った。

加虐《かぎやく》の高揚も愉悦からの同情もない、乾いた音だった。

「あ、おいっ。待てよ、逃げんな……――」

闇は再び渦を巻き、青年の右半分と祟り巫女を呑み込んだ。そのまま周囲に溶け込み、あっと思う間もなく霧散する。邪鬼は残らず消え去り、痕跡《こんせき》すら何も見当たらなかった。

「え……」

「逃げられたみたいだな」

静まり返った夜を仰ぎ、凱斗が短く嘆息する。

「最初から、その算段だったんだろう。復活の挨拶《あいさつ》ってところじゃないか？」

「挨拶だぁ？　くそ、バカにしやがってッ！」

コケにされた悔しさに、煉は激しくいきりたった。文字通りさんざん地団太を踏んだ後、気の治まらないまま凱斗にまで突っかかる。

「二荒さんも、ふざけんな！　今更、出戻ろうったってそうはいかねぇぞっ」

「出戻る？」

「俺、櫛笥から聞いたんだからな。あんた、呪詛返しから一抜けしたんだろう？　センセエはゴチャゴチャごまかしてたけど、顔がめっちゃ暗かったもんなッ！　もうさ、頼むからあんまり苛《いじ》めないでやってくれよ。あの人、俺らプロ集団の中で一人だけ素人《しろうと》まるだしだけど、なんか頑張ってんじゃん。確かにあんま役に立ってねぇけど、良い人なんだからさぁ！」

「俺は……」

不意打ちで清芽の名前を出されたせいか、凱斗の瞳に軽い動揺が見えた。しかし、冷静な態度はあくまで崩さず「出戻りと言われるのは心外だが」と澄まし顔で答える。

「俺は、佐原教授から頼まれごとがあって来たんだ」

「へ？」

「認める。呪詛返しから外れたのは本当だ。よく考えたんだが、俺にはやっぱり団体行動は向いていない。だが、たった今正体不明の男が予言したように〝みんな死ぬ〟のなら、俺は俺で祟り巫女を調伏する手立てを探さなきゃならない」

「それじゃ、今あんたは佐原教授のところなのか？　昼間、俺と櫛笥が訪ねた時も？」

「ああ。おまえらの話も、隣の資料室で聞いていた」

「なんだよ……」

毒気を抜かれたように呟き、しゅるしゅると煉の勢いが衰えた。

「だったら、早くそう言えよなぁ。俺、二荒さんは東京へ帰ったんだとばっかり……」

「東京へは戻るさ、必要に応じてな。だが、祟り巫女から逃げるためじゃない。そして、もう一度念を押しておくが、おまえらとも共闘はできない」

「冷たいじゃん。……センセエが泣くぞ」

「…………」

むうっと唇を尖らせ、恨み言をぶつけてみる。清芽が泣こうが怒ろうが関係ない、という顔をされるかと思ったが、凱斗は意図の読めない笑みを口の端に浮かべただけだった。

「境内に入るなり、嫌な気配がしたんだが……まさか、中坊が一人で戦っていたとは」

「うるせぇよっ」

「真言の使いどころは悪くないが、相手が悪すぎる。あまり無茶をするな。それこそ〝センセエ〟が泣くんじゃないのか？　おまえがお堂に閉じ込めた、大事な従兄弟《いとこ》もな」

無遠慮な物言いだが、正論なので反撃できない。

うぐぐ、と言葉に詰まる煉に、凱斗が慰めるように背中をぽんと叩いた。

「まぁ、そうカッカするな。次に勝てばいいんだ」

「…………」

「どうした？」

怪訝そうに窺われ、「何でもない」と慌てて首を振る。懸命に表情を取り繕いながら、煉は泣きそうな気分としばし闘った。凱斗が誰かを励ます時に背中をぽん、と叩く仕草、とりわけ清芽にそうするところを、よく目にしていたからだ。

（センセエの記憶を奪われて、まるきり違う人になったみたいだったけど）

でも、やっぱり凱斗は凱斗だった。

そう思えることが、やたらと嬉《うれ》しかった。

「煉くん！　大丈夫なの？」

「櫛笥……明良さんも」

祟り巫女の気配は、やはり強かったようだ。息を弾ませて駆けてくる櫛笥と、その後ろからだるそうに歩いてくる寝間着姿の明良を見て、ようやく煉の肩から力が抜けていく。憧《あこが》れの明良が病床から出てきてくれたのかと思うと感激もひとしおだ。

しかし、当の明良は凱斗を見咎《みとが》めるなり不機嫌全開に毒づいた。

「言ったじゃないか、もう行く必要ないって。見たところ煉に怪我《けが》はないようだし、関係ない奴がいて不愉快だから俺は母屋へ戻るぞ」

「巫女が消えても、それで終わりとは限らないよ、明良くん」

とにかく無事で良かった、と微笑む櫛笥に、煉は全身がこそばゆくなる。以前なら「ガキ扱いするな」と頭にきただろうが、心配かけて申し訳なく思っている自分にも驚いた。

「櫛笥、へにゃっとすんな。男前が台無しだぞ」

照れ隠しから、不必要に偉そうな口ぶりになる。

「顔で売ってるへなちょこタレントなんだから、ちょっとは気を配れよ」

「あのねぇ、心配かけといてその言い草はないだろう？　ところで尊くんは？　無事？」

「あ！」

そうだった、と急いでお堂へ向き直った。何が起きたか尊も中で察しているだろうが、きっと不安でいっぱいに違いない。早く自由にしてやろうと解呪の印を組みかけた時、背後で殺伐とした会話が聞こえてきた。

「昨日の今日で、もう決意を撤回か。凱斗、おまえって案外軟弱だね」

「違う。今も煉に説明していたが、俺はただの使いだ。佐原教授から、御影《みかげ》神社の古神宝で一点だけ返却が遅れたものがあると言付かってきた。宮司《ぐうじ》に必ず手渡しするようにと」

「返却の遅れた古神宝？」

訝《いぶか》しげに反芻《はんすう》し、明良は猜疑心《さいぎしん》たっぷりの声を出す。

「おかしいな。俺は、御影神社の跡継ぎとして父さんからいろいろ教わっている。佐原教授の研究のために貸し出した古神宝は、全て返却されているはずだ」

「俺の知ったことか。頼まれたから預かってきたまでだし、言っておくが明良、おまえに託したりはしない。宮司は、どこにいらっしゃるんだ?」

「出戻りの苦しい言い訳じゃないだろうな」

「だから、関係ないと……」

「はいはいはい! 子どもの前で大人げない争いはやめる! 見てごらん、煉くんが呆れ顔で見てるよ? 明良くんも、いちいち二荒くんに突っかからない!」

「櫛笥……」

テキパキと櫛笥が仲裁に入ったが、サラウンドで「邪魔するな」と言い返されてしまった。しかし、ここで遠慮して引っ込んだら不毛な会話を延々聞かされる羽目になる。前の凱斗なら大人の余裕で明良の皮肉をかわしていたのだが、どういうわけか、今はまるで張り合うかのようにあっさり挑発に乗るので尚更だ。

（……ん? 張り合うって、それはつまり……）

清芽くんを意識しているってことだよね。

おやおや、と櫛笥の胸に淡い期待が生まれかけた時、解呪されたお堂の扉がゆっくり開かれた。四日ぶりに外へ出てくる尊に、皆の意識が集中する。体調は大丈夫なのかと固唾《かたず》を呑んで見守っていると、瞑想《めいそう》時の白い和服に身を包んだ線の細い少年が現れた。

夜よりも更に深い、肩まで伸びた漆黒の髪。繊細《せんさい》な人形を思わせる、華奢《きゃしゃ》な身体つき。和風美少女と見紛う彼こそが、西四辻本家の嫡男、西四辻尊だ。触れた先から散る花弁のように儚げだが、中身の豪胆さは真っ直ぐな目力が示している。

「尊、突然閉じ込めてごめんな。でも、おまえを守るためだったんだ」

すぐさま煉が手を伸ばし、弱っているであろう身体を支えようとした――が。

異変が起こった。

差し出された手を無言で撥《は》ねつけ、尊が力強く言い放ったのだ。

「僕に触れないで」

「尊……？」

「……が……いるから……」

不自然な声の強弱に、煉は戸惑いつつ「え？」と問い返した。

異様な空気が尊を包み、その場の全員が緊張を覚える。だが、再び尊が口にした言葉は誰も予想だにしていない内容だった。

「月夜野さんが、今から僕に身体を貸してほしいって言っている」

「な……」

「呪詛返しを、もう一度自分にやらせてほしいと」

いつ、どこからどうやって月夜野は近づいたのか。

結界を張った煉の脳内は、瞬時に疑問で埋め尽くされた。けれど、すでに心を決めているのか尊の表情は頑《かたく》なだ。こうなると、彼を翻意《ほんい》させるのは並大抵のことではなかった。

「まさか、あいつを憑依《ひょうい》させる気か？　いくら準備を急いでいるって言っても、恐らく数日はかかる。その間、たとえ一日数時間単位であっても相当に体力を削られるぞ？」

「わかっているよ。でも、僕が霊視するより手っ取り早いし確実だ。月夜野さんが祟り巫女に黄泉へ引きずられて、この世との境目から出られなくなっているのは不幸だけど、逆に情報を得るにはこれ以上ない相手だろう？　赤子が生きていることだって、彼が教えてくれたんだ。きっと、強力な味方になってくれるよ」

「ダメだ！　俺は、絶対に認めないからな！」

冗談ではないと、煉が真っ向から反対する。

「月夜野は半分生きている。生霊を憑依させる危険性は、死者のそれよりグンと高い。霊魂のパワーが死霊よりずっと強いからだ。尊、下手したら持っていかれるぞ！」

「君が反対しても、僕はやるよ」

「おい！」

「ごめんね、煉。君が心配してくれる気持ちは嬉しい。でも、僕は悔しいんだ。月夜野さん、僕が病院で彼を霊視した日からずっと側にいたんだって。だけど、彼自身の生気も弱まっていたし、何より祟り巫女の念が強すぎて僕には感知できなかった。さっき煉が結界を張ってくれたことでようやく遮断できて、それで僕に話しかけてきたんだよ」

だから、この身体を貸せばもっと自由に彼が得たものを引き出せる。

そう、尊は主張して譲らなかった。

「……納得いかねぇよ。大体、月夜野には多くの悪霊が憑いているんだ。そいつらの憎悪も一緒に引き受けるってこと、ちゃんとわかってるのかよ」

「うん。だから、頑張れてせいぜい二、三日だと思う。呪詛返しの本番には一番霊力を必要とするから、それに備えて温存もしとかなきゃいけないし」

「無茶だ……」

「ねぇ、煉。僕たちは、また賭《か》けに出なくちゃならない。僕の体力が続く間に、呪詛返しを成功に導く準備を完全に整えるんだ。月夜野さんは代替わりの呪詛で、彼の中に巫女を調伏するための毒を蓄えている。一度は失敗して諦《あきら》めたけど、彼の魂が望むなら、僕が手を貸せばまだチャンスはあると思う」

尊の説得は力を帯び、冷静に考え抜いた結論であることを物語っている。だが、その計画は誰の目からも危険すぎる賭けだった。何より、中学生の彼に一番大きな負担を強いることに誰もが抵抗を感じている。だから、いつもは緩衝剤を務める櫛笥でさえも何も言えなかった。

——けれど。

「いいじゃないか、好きにさせれば」

最初に賛成したのは、明良だった。

信じられない、と煉が非難の目を向ける中、彼は淡々と意見を述べる。

「どのみち、ここにいる人間は何らかの穢れを纏《まと》っている。巫女を調伏できなければ、待っているのはろくでもない最期だ。だったら、勝負に出た方がいい」

「明良さんは、センセエが同じこと言い出しても賛成すんのかよ！」

間髪容れずに、煉が噛みついた。

「できねぇだろ？　ちょっとでも危ない目になんか、遭わせたくないじゃんか！」

「じゃあ、おまえは祟り巫女と刺し違えられるのか？」

「え……」

「俺はやるよ。兄さんの命が危険に晒《さら》されるくらいなら、その前にあいつを道連れに地獄でもどこでも行ってやる。そのくらいの覚悟は、物心ついた頃からずっと持っている」

「…………」

事もなげに言い切る顔からは、見栄も強がりも見当たらない。もっとも、彼が本気であることを疑う者などいなかった。凱斗でさえ、複雑な表情で沈黙を守っている。

だが、明良の一言は煉の誇りを深く傷つけた。おまえは何もできないだろう、と嘲《あざけ》られたも同然に受け止めたからだ。たった今、祟り巫女と一対一で向き合って危ういところを凱斗に助けられただけに、その屈辱《くつじょく》は自身への怒りとなって煉から言葉を失わせた。

「お……れは……」

「煉……？」

従兄弟の様子がおかしいことに気づき、尊がそっと気遣う。

「大丈夫？　顔色が……」

「俺は……」

一瞬の間の後、煉は弾かれたように走り出した。

自信家で、敵が手強いほどイキイキとする少年が初めて見せた迷いの背中だ。

「煉……」

がっくりと、尊が膝から冷えた地面に頽《くずお》れる。

呪詛返しを前に、思いもかけぬ形で皆に亀裂が入りかけていた。

# 3

太い梁《はり》の通った高い天井から、頼りない光源の裸電球がひとつぶら下がっている。埃《ほこり》を被《かぶ》った灯りが照らすのは粗末な座り机と、周囲に堆《うずたか》く積み上げられた書籍の山。少しでも光から外れたら、墨を溶いたような闇が待ち構えている。

子どもの頃、何か悪さをするとこの蔵へ放り込まれた。大抵は一時間ほどで出してもらえるのだが、霊感のない自分でさえ薄気味悪くて苦手な場所だったのを覚えている。

しかし、父の真木《まなき》は何故だかここに明良《あきら》は入れなかった。「えこひいきだ」と清芽《せいが》は一度抗議したことがあるが、真木は真剣な目をして言った。

『ここの連中が嫌がるのでダメだ』

当時は意味がわからず、体《てい》よくごまかされたと子ども心に憤慨したが、今なら父の言わんとしたことがうっすら理解できる。凱斗《かいと》から借りた霊感はまだ残っていて、そこかしこに〝人ではないモノ〟の存在を感じるからだ。積極的な悪意のない、言ってみれば靄《もや》のような彼らにしてみれば、霊力の強すぎる明良はいるだけで息苦しさを覚えるのだろう。

そんな幼い頃を思い出しながら、清芽は今蔵の中にいた。

御影《みかげ》神社建立《こんりゅう》後、数世紀に亘《わた》って改築を重ねてきたこの建物は、一人で考えに耽《ふけ》るには最適の場所だ。境内の裏手にあって人も寄り付かないし、黴《かび》臭い史料や修繕を待つ古神宝などが独特の静寂を生み出している。

「凱斗も、ここで俺の〝加護〟について調べてくれていたっけ」

判然としない〝加護〟の正体を突き止めれば、清芽が使いこなすヒントも摑《つか》めるかもしれない。そんな目的を持って、彼は連日熱心に古書を読み込んでいた。いつも、凱斗の行動は清芽を思ってのことで、そこに自身の安寧《あんねい》や望みは混じっていない。言い換えれば、清芽に穏やかな日々を送らせることが凱斗にとっての安寧だった。

それほどに想ってくれたのに、どうして――いつも同じところで悔いが蘇《よみがえ》る。

呪詛《じゅそ》返しで最後の一手に迫った時、〝加護〟の発動を待って祟《たた》り巫女《みこ》を滅しようとした清芽を突き飛ばし、凱斗は自らが身代わりになった。あの時、もし自分が〝加護〟を操ることができていたら、あるいは彼を神隠しになど遭わせずに済んだかもしれない。

「今更……なんだけど」

小さく、溜《た》め息《いき》をついてみた。

結局、凱斗がコピーした〝加護〟の力は調伏《ちょうぶく》まで及ばず、事態は拗《ねじ》れに拗れている。おまけに、明良が無茶な選択を迫ってきた。これまでも独占欲を匂わせてはきたが、あくまで冗談に見せかけていたし、清芽もあえて気づかない振りを通してきたのだ。そこには、つまびらかにしてしまったら戻れなくなる、という危機感があった。

恋人と弟なんて、普通は秤《はかり》にかけるものじゃない。

でも、自分の人生にどちらかしか残らないのだとしたら、どうすればいいのだろう。

「さすがに、父さんに相談するわけにはいかないし……」

気にかかる問題は、他にもあった。〝加護〟が発動せず、霊障を受けたことだ。

悪霊に襲われかけたり、怖ろしい思いをした経験は幾度もある。だが、あんな風にダイレクトに害を為されたのは正真正銘初めてだった。あの理由を突き止めれば、あるいは〝加護〟のコントロールに繋《つな》がるかもしれない。

しかし、最悪のパターンも考慮しなくてはならなかった。〝加護〟の消える前兆という可能性だってあるからだ。そうなったら、祟り巫女の呪詛を受けるまでもなく自分は魂を悪霊に食らい尽くされるだろう。どれほど明良が頑張っても、共倒れになるのは目に見えている。何より、清芽自身がそんな展開は耐えられなかった。

「考えなきゃ……考えるんだ……」

無意識に足首の痣《あざ》を撫《な》でながら、清芽は座り机にこつんと額を乗せる。

心細い。情けないくらい、不安でたまらなかった。

こんな夜に、呼びたい人の名前はたった一人だ。口にしたところで届きはしないし、そんな真似《まね》をした瞬間、もう一人の大事な相手を傷つけることになる。そう思うと、弱音すら吐けなくなっている自分に気がついた。

カタン。

堂々巡りの物思いに疲れた頃、出入り口で微《かす》かな音が響いた。

父の真木だろうか、と顔を上げた清芽は、そこに思いがけない人物を見る。

「煉《れん》くん？　どうしたの、皆は一緒じゃないのか？」

「センセエ……」

清芽を見るなり、くしゃりと煉の瞳が歪《ゆが》む。

睫毛《まつげ》の先には、濡《ぬ》れた雫《しずく》が今にも零《こぼ》れ落ちそうになっていた。

「明良くん、もうちょっと言い方を考えようか。相手は中学生なんだよ？」

真っ青な顔で膝《ひざ》をつく尊《たける》を、労《いた》わりながら櫛笥《くしげ》が咎《とが》める。

「そもそも、大事を前にして僕たちが揉《も》めている場合じゃないだろう」

「同じことを煉にも言ってやれ。大体、俺は質問に答えただけだ。それに、おまえらだって尊の案が現時点では一番いいと思っているんだろ？　だから黙っていたんじゃないのか？」

「それは……」

「いい加減にしろ。おまえがそんなだから、清芽が追い詰められるんだ」

それまで黙っていた凱斗が、突然口を挟《はさ》んできた。櫛笥も明良も驚いた顔で、仏頂面の男を振り返る。今の口調は、まるきりかつての凱斗を彷彿《ほうふつ》とさせるものだった。

「ふ、二荒《ふたら》くん……？」

まさか、先刻の明良と清芽のやり取りを彼が知っているわけはない。そうは思いながらも、櫛笥は希望を抱かずにはいられなかった。もし、凱斗が清芽の存在を思い出してくれたら、行き詰まった関係にも新たな突破口が開けるかもしれない。

「知った風な口を利くなよ、凱斗。おまえだって、煉と同じように逃げ出したくせに」

「俺のことは、好きなように言えばいい。だが、子どもに八つ当たりをするな。彼らがどんなにおまえを崇拝し、懐いていたか知らないわけじゃないだろう」

「そんなの、俺は頼んでいない」

そうは言っても多少は思うところがあるのか、明良の表情に気まずい色が浮かんだ。実際、煉と尊は明良の持つずば抜けた霊力の高さと俺様な性格に惚《ほ》れ込み、まるでアイドルに恋するファンの如く一挙手一投足に羨望《せんぼう》の眼差しを送っている。初めは明良も煩《わずら》わしがっていたが、最近はすっかり慣れたのか彼らを「ガキ」ではなく、個々の名前で呼ぶようになっていた。

「煉、大丈夫でしょうか……」

何とか体勢を立て直し、尊が潤んだ声で呟《つぶや》く。

その頭を優しく撫《な》で、櫛笥が力づけるように微笑《ほほえ》んだ。

「心配しなくても、彼は賢い子だよ。少し考える時間をあげよう。尊くんこそ、大丈夫なの？　四日間も籠《こ》もっているから、さすがにハラハラしたよ」

「平気です。瞑想《めいそう》状態の身体は眠っているようなものだし、情報収集に死霊と交信してはいたけど降ろしてはいないので。やっぱり、身内へ入れるのが一番きついんです」

「それはそうだろうけど……」

「家で修行している時は、十日間のお籠もりとかやりますから」

けろりとハードな話をされ、「そ、そうか」と苦笑いを返す。さすがは陰陽道《おんみょうどう》の名門、西四辻《にしよつつじ》家の御曹司《おんぞうし》だ。そうなると、煉の心配はやっぱり過保護の域だったらしい。

「僕、今度の呪詛返しを機に変わりたいんです」

小さく、けれど力強く尊が言った。

「ずっと煉に守られてきたけど、僕は西四辻家の次期当主です。いつまでも、甘えているわけにはいきません。除霊能力の劣る僕は、今まで煉に対してどこか引け目がありました。でも、僕にとって煉は大事な従兄弟《いとこ》だし、かけがえのない親友なんです。ちゃんと対等になって、彼から頼ってもらえる人間になりたい」

「尊くん……」

「急にこんなこと言い出して、驚かせたらごめんなさい。だけど、清芽さんを見ていてそう考えるようになったんです。あの人は、自分が弱いことを知っている。その上で、二荒さんや明良さんに守られる立場から、何とか自立しようと頑張っている。だから、僕も」

「そんなの、誰も望んでない」

尊の話を遮《さえぎ》るように、明良がつっけんどんな声で言う。

「自立とか、そういう問題じゃない。人には向き不向きがある。無駄な努力だ」

「明良さん……」

健気な決心を一刀両断され、尊の表情に翳《かげ》が差した。一方の凱斗は押し黙ったきり、否定も肯定もしない。もっとも、彼には「清芽を守った」記憶がないのだから、何とも答えようがないのかもしれない。

「尊がどうしようと好きにすればいいが、兄さんは変わる必要なんてない。結局、何をどう頑張ろうと空回りに終わるんだ。〝加護〟がある以上、悪霊は手を出せないんだし」

「だったら、どうして明良さんは清芽さんを囲い込もうとするんですか？」

「な……」

「〝加護〟があってもなくても、清芽さんが心配だからでしょう？　確かに、正体がわからない〝加護〟に頼り切るのは不安です。いつ消えるかわからないし、その力がどこまで通じるか誰も知らない。ひょっとしたら、力をつけた祟り巫女なら破るかもしれない。だから、清芽さんは不安の芽をひとつひとつ潰《つぶ》そうと努力しているんだと思います。僕は、それを空回りだとは思いません。明良さんだって、本当はわかっているくせに」

「…………」

四つも年下の少年から正論を吐かれ、明良は憮然《ぶぜん》となった。何か言い返そうと口を開きかけ、しかし一言も発しないまま再び閉じる。尊の真摯《しんし》な言葉が清芽の想いを正しく代弁したものだと、彼にもよくわかるのだろう。それを受け入れるかどうかは、また別の問題だ。

「母屋へ戻ってる」

誰にともなく言い放ち、明良はその場を立ち去った。

何とも言えない複雑な思いが、残された三人の胸を去来する。

だが、ここで立ち止まってはいられなかった。櫛笥はゆっくり夜気を吸い込み、気持ちを切り替えて凱斗へ向き直る。尊が月夜野《つきよの》の憑依《ひょうい》を始めるなら、少しの時間も無駄にはできない。

「真木宮司《ぐうじ》なら、本殿だと思うよ」

「え？」

「え、じゃないよ。二荒くん、お使いで来たんだろう？　最近の宮司、時間を見つけては本殿で祝詞《のりと》をあげているんだ。恐らく、呪詛返しの成功を祈願しているんだと思うけど」

「そうか……ありがとう」

「でも、佐原《さはら》教授のお使いだなんて嘘だよね？」

「…………」

「良かったら、後で話さない？　共闘はしないって言ったけど、情報交換は大切だよ」

櫛笥の申し出に、少しだけ凱斗はためらいを見せた。まさか、本当に自分一人でどうにかするつもりだったのか、と内心驚いていると、ぶっきらぼうに「わかった」と返ってくる。そのまま会話を断ち切るように、彼は本殿へ向かって歩き出した。これ以上、あれこれ詮索《せんさく》をされたくないのだろう。

「皆バラバラになっちゃった……これから、どうなるんでしょうか」

「さぁてねぇ」

心細げな尊の肩を抱き、櫛笥は明るく笑いかけた。

「二荒くんや明良くんのような拗らせ組はともかく、煉くんはきっと大丈夫だよ。彼は道理のわからない子じゃない。月夜野を憑依させる件、前向きに検討してみよう」

「――はい。すみません、櫛笥さん」

「気にしないで。最近、つくづく自分の役回りを自覚したんだ」

「？」

「揃《そろ》いも揃って、問題児ばっかりだからさ」

おどけて肩を竦《すく》めると、あはは、と尊が笑顔を見せる。櫛笥は安堵《あんど》し、「お腹空いたね。一緒に、ご飯の支度しようか」とウィンクをした。

自分が蔵でくよくよしている間に、そんな大変なことが起きていたとは。

一人蚊帳《かや》の外だった事実にショックと自己嫌悪を覚える清芽に、涙目で訴えていた煉が「そういうことじゃねぇだろっ」と文句をぶつけてきた。彼にしてみれば、大事な尊が月夜野の犠牲になるようで納得がいかないのだろう。その気持ちはわかるが、呪詛返しのために呪具となる月夜野が参戦してくれるのは非常に有り難かった。

（……とはいえ、俺は呪術に関しては素人《しろうと》だし。尊くんがどれほど大変な思いをするのかわからないのに、気楽に喜ぶわけにもいかないよな……）

清芽は悩み、とにかく何か言わねばと口を開きかける——が。

「そういうのいい。正論なら、たっぷり聞いてきた」

「煉くん……」

「なぁ、センセエ。〝守る〟ってどういうことなんだろうな？」

「〝守る〟？」

予想外の問いかけに、軽く狼狽《ろうばい》してしまった。単純明快なようでいて、真面目に考えれば非常に多くの意味を含んだ言葉だ。

「明良さんは、センセエを危険に晒《さら》すくらいなら、祟り巫女と地獄に行ってやるって」

「え……」

「想定内の答えだよな。明良さんのぶれなさ加減、凄《すご》いよ」

ゆらっ。

天井の裸電球が、風もないのに左右に揺れる。

それを仰ぎ見た煉は、何かを見つけたように目を細めた。

「二荒さんも、しょっちゅう言ってるだろ。センセエを守るって。まぁ、二荒さんの場合は前の話になっちゃうけど……って、ごめん……」

「いいよ、気を遣わなくて」

しまった、という顔をする煉に、苦笑いで先を促す。明良の話を聞いて、先ほどの思い詰めた表情が蘇ったが、今はとにかく煉と尊の仲直りが先決だ。

「俺さ、何の疑問もなく使ってた。〝尊を守る〟って。実際、それは分家の役目だしさ。だから、あいつが月夜野を憑依させるって言い張っても認めるわけにはいかなかった」

「……うん」

「生霊のパワーって、ほんとに強いんだよ。死霊と違って戻る肉体があるから、いくらでもエネルギーをチャージできる。要するに、疲れ知らずってわけ。怨《うら》みや未練なんかの思念を拠《よ》り所にしている怨霊《おんりょう》よか、そりゃ元気なわけだよな。月夜野の肉体は弱っていても、やっぱり死者に比べたら全然違うと思う。それに、尊が耐えられるのかなぁって」

「でも、尊くんはやらせてって言ってるんだよね？」

「だから、困ってるんだってば」

あーもう、と仰向《あおむ》けに倒れ、煉は長々と溜め息を漏《も》らす。

「尊、変わったよなぁ。昔から頑固だったけど、賭《か》けに出るような性分じゃなかった。慎重っつうか負ける戦《いくさ》はしないっつうか、ゲームなんかでも堅実にレベルアップしてからラスボス戦に行くっつうか。どんだけスペックガン上げしても、〝いや、でも〟とか言って苛々《いらいら》……」

「煉くん、ちょっと話が……」

「だからさぁ！」

ガバッと起き上がり、清芽の目を真っ直ぐ見返して彼は言った。

「そういう尊が、リスク背負ってでもやるって言うなら応援してやりたいじゃん！」

「え？」

「だけど、俺にも立場ってもんがさ……あいつ、全然わかってない」

「煉くん……」

なんだ、と思わず口元が緩んだ。結局は、煉もちゃんと理解しているのだ。けれど、素直に認めるのが少し悔しくて——淋しい。そういう気持ちを、どう表現していいのかわからずに持て余しているのだろう。だったら、答えは簡単だ。

「頑張れって、言ってあげたらいいんじゃないかな」

「俺が？　我儘《わがまま》言ってんのは尊なのに？」

心外そうに目を見開き、煉はむうっと拗《す》ねてみせる。だが、それがポーズにすぎないことは明らかだったので、清芽は笑いを噛《か》み殺しながら話を続けた。

「煉くんは、自分の役目をないがしろにされた気分なんだろ？　でも、せっかく尊くんが一歩前へ踏み出そうとしているんだ。ここは、どーんと懐の広さを見せてやりなよ」

「懐の広さ……」

「それに、尊くんが変わろうとしているのは多分、煉くんのためだよ。本家の跡取りとして君を失望させないように、もっと強くなりたいんだと思う。大体、あの子の真髄を一番理解しているのは煉くんじゃなかったの？　優しいところも怨霊を前に怯《ひる》まない毅然《きぜん》とした態度も、〝全部ひっくるめて西四辻尊だ〟って、前に俺へ言ったよね？」

「センセエ……」

その言葉は、てきめんに効果があったようだ。

煉はたちまち目をきらきらさせ、ふて腐れた態度が一変した。

「そうだな！　俺が、まず応援してやんないとな！」

「そうそう」

「ありがとうな、センセエ！　俺、尊に謝ってくる！」

善は急げとばかりに蔵から飛び出しかけ、何を思ったかひょいと戻ってくる。どうした、と目で問うと、彼は清芽を見たまま人差し指で天井を指差した。

「お礼に教えてやる。櫛笥は黙っとけって言ったけど、センセエには視《み》えてねぇようだから。でも、一応用心しといた方がいいかもしれねぇし」

「な……何がかな？」

「センセエに、何か憑《つ》いてる。黒い影みたいで、実体は俺にも霊視できないけど」

「え……」

先刻から上を気にしているとは思っていたが、やっぱり何かいたのか。そういえば、祟り巫女が最初に来たのもここだった、と見咎《とが》めた凱斗のセリフを思い出す。しかし、真っ青になる清芽へ煉は屈託なく「大丈夫だって」と請け合った。

「最初は後ろにいたんだけど、今は上からセンセエを見てるよ。悪い〝気〟は感じない。だけど、正体がわからないから注意だけはしとけよな。それとも、尊に霊視させる？」

「あ、いや、今は尊くん大変な時だから……」

「そっか。じゃあ、そんだけ！」

人の気も知らないで、さばさばした煉は明るく去っていく。頭の中は、もう尊との仲直りでいっぱいなのだろう。その足取りは弾み、来た時とは雲泥の差だった。

「あのなぁ……」

怨めしげに見送り、ちら、と指差された方向を見上げる。真っ暗で何も見えなかったし、何かの影が蠢《うごめ》く怪しさも感じられなかった。

(借りた霊力だと、やっぱり限界があるのかな)

あるいは、効果が切れてきたのだろうか。正確な期間は聞いていないが、今までなら最低でも一週間は使えていた気がする。それに比べれば、今回は数日しかたっていない。

凱斗へ訊《き》いてみようか、とふと考えた。

煉の話では、佐原教授の使いで来ているらしい。だが、あんなに泣いて困らせて醜態を晒したばかりなのだ。おまけに明良の問題も増えた今、どの面下げて会いに行けるのか、と自分を戒める。会いたいけれど、顔を見せたところで向こうも困るだけだろう。

「……だよな」

結論が出たところで、影も気になるしそろそろ蔵からは出た方がよさそうだ。

灯りを消そうと電球のスイッチを捻《ひね》った時、突然呼び出し音が鳴り出した。清芽は死ぬほどびっくりし、うっかり携帯電話を取り落としそうになる。慌てて表示された名前を見ると、意外にもそれは佐原からの電話だった。

(佐原教授が、俺に……?)

彼から直電が入るなんて、初めてじゃないだろうか。

一体何の用事だろうと、少し緊張しながら清芽は電話に出た。

煉が尊と仲直りをしたのを見届けた頃合いで、凱斗が本殿から戻ってきた。

二人で話したかった櫛笥は煉たちに「お風呂沸かしといたから」と入ってくることを勧め、自分は母屋の台所で凱斗を迎えることにする。そのテキパキした行動に、凱斗が「母親みたいだな」と感心していたが、その点については全然嬉《うれ》しくなかった。

はい、と熱いお茶を淹《い》れ、ようやくひと心地つく。

明良と清芽のイザコザから祟り巫女の来襲と、まったく盛りだくさんな夜だった。

「でも、良かったよ。煉くんが、すぐに機嫌を直してくれて。やっぱり、あの子たちが僕らのムードメイカーだからね。ぎくしゃくしちゃうと、ほんっと空気が悪くなるし」

「煉の話だと、清芽は蔵にいるみたいだな」

あ～安心した、と息をつくそばから、凱斗はボソリと意外なことを呟く。気になるの？ と睨《にら》まれるのを覚悟で水を向けると、驚いたことに気まずそうに黙られてしまった。

（え、これは一体どういうことだろ……）

ダイニングテーブルに肘《ひじ》を乗せ、横顔を向ける彼からはピリピリした空気を感じない。この雰囲気は、櫛笥にもよく覚えがあった。そう、以前までの二荒凱斗だ。

「ふ、二荒くん、もしかして記憶が……」

「そういうことじゃない」

あっさり否定されて、「あ、そう」とガックリ調子を崩す。しかし、やっぱり昨日までの険が取れているように思えてならなかった。何より、瞳に温度がある。それは、かつての凱斗が清芽や仲間を見つめる時、浮かべていた色によく似ていた。

「えっと……清芽くんに会うつもり？」

「いや、それはない」

即座に否定するが、櫛笥は納得がいかない。だったら何で訊いたんだ、って話だ。

「あのさ、今夜はそのために戻ってきたんじゃないの？　佐原教授のお使いなんて、バレバレな嘘までついて。清芽くん、今ちょっと大変なんだよね。だから、会ってやれば？」

「……泣かれたんだ」

「え？」

「昨夜、ここを出て行く時にあいつがきて、泣きながら言ったんだ。〝凱斗がいないなら、一人と一緒だ〟って。その時の顔が、ずっと頭から離れない。それで気になって……」

「二荒くん……」

櫛笥の脳裏に、先刻の明良の慟哭《どうこく》が蘇った。

最愛の兄の口から「凱斗がいなければ一人だ」なんてセリフを聞いてしまったら、絶望の底に叩《たた》き落とされても不思議じゃない。それは、おまえはいらない、と同義だからだ。あの誇り高い青年が理性をかなぐり捨ててあんな暴挙に出るのも、無理からぬ話ではないか。

「櫛笥？　どうした、呆然《ぼうぜん》として」

「明良くんが……」

「え？」

「明良くんが、清芽くんに詰め寄ったんだ。自分だけを見て欲しいって。ひどく焦っていたしムチャクチャな言い分だったけど、そう言って明良くんも……」

「………」

「泣いていたんだよ。子どもみたいに」

今度は、凱斗が絶句する番だった。

二人はしばし黙り込み、重苦しい空気が台所を支配する。やがて、先に口を開いたのは凱斗の方だった。彼は深々と溜め息を漏らし、疲れたように額に右手をあてる。

「明良が見ているのは、気づいていたんだ。だが……そうか……」

「二荒くんのせいじゃないよ。今の君は、清芽くんを愛していない。明良くんとの間に微妙な関係ができあがっていると、わかっていなくてもしょうがない」

「本当にそう思うのか？」

凱斗自身が、まったく納得していない顔だ。ただの気休めだったと櫛笥は反省し、ごめんと小さく呟いた。おまえが謝ることじゃない、と凱斗は言い、まるで自分へ言い聞かせるように櫛笥のセリフをボンヤリと反芻《はんすう》した。

「今の俺は、清芽を愛していない……」

「二荒くん……？」

「愛していない……」

ここではないどこかを、ジッと見つめている瞳だった。

櫛笥はかける言葉も見つからず、皮肉な状況に溜め息をつくばかりだ。

遠くから、風呂上がりの煉たちの元気にはしゃぐ声が聞こえた。


ぼくのお兄ちゃんが、先月死にました。

こうしゅうでんわで、死体でみつかったんだそうです。

もうすぐ、ぼくは八歳になります。死んだお兄ちゃんは、高校生です。

いつか、僕はお兄ちゃんよりも年寄りになるでしょう。だって、お兄ちゃんはもう年を取らないのです。その日がきたら、僕はうれしいかな。かなしいかな。お兄ちゃんは優しくて、ぼくとよく遊んでくれました。だから、やっぱりかなしいかな。

「ともくん、一人で外へ行っちゃダメよ」

お兄ちゃんが死んでから、これはお母さんの口癖になりました。あとは、一日中ぼんやりしています。でも、ぼくの姿がみえないと大騒ぎをするので、まわりじゅうの大人が「ともくんはいい子だね、お母さんの言うことをきかなきゃダメだよ」といいます。

「ともくん、一人で外へ行っちゃダメよ」

今日も、一階からお母さんの声がしています。でも、どこへも行けないのは、お母さんが一番よく知ってるのに、と思いました。だって、お母さんはぼくの靴をぜんぶ捨ててしまったから。ぼくがお外へ行ったら心配なので、こうすると安心なんだって。

学校へ行きたいな。そう言ったら、すごく怒られました。

「お兄ちゃんはね、学校で帰りが遅くなって、それで死んじゃったのよ」

「こうしゅうでんわだよね」

「そうよ。だから、ともくんは学校へ行ってはダメ」

「おにいちゃんは、なんで死んだの？」

ぼくが質問すると、お母さんは変な顔をしました。

それから、写真を何枚も出してきて「見なさい」といいました。

「これ、公衆電話。わかる？　お兄ちゃんは、ここで死んでたのよ。見つかった時、ここに閉じ込められてたんですって」

「とじこめられた？　誰がやったの？」

「知らないわ。お兄ちゃんは、出られなくて凄くもがいていたんですって。死体の様子で、それがはっきりわかったそうよ。ドアを叩きすぎて、両手が痣《あざ》になっていたらしいわ」

「…………」

「きっと、何度も助けを呼んだのね。声帯が切れて、血を吐いてたって。それが制服の襟《えり》を汚して、首周りが真っ赤だったって。それから、息が苦しかったみたいね。発見された時は、それはもうひどかったそうよ。舌が飛び出て、目をぐるんとむきだして。それでね」

お母さんは、ずっと話しつづけていました。

ぼくは意味がよくわからなかったけど、がまんしておとなしく聞いていました。だって、お母さんがかわいそうだったから。お母さんの話しているひとが、ずっと隣に立っていて、顔を横から覗《のぞ》き込んでいるのにちっとも気づかないんだもの。

「ともくん、一人で外に行っちゃダメよ」

急に思い出したように、お母さんがいいました。

首の周りがまっかになった、目のぐるんと飛び出たひとが、ぼくを見ました。

「おいで……」

そのひとが、いいました。

しわがれて、おじいちゃんみたいな声でした。

「おいでぇ」

お母さんには聞こえないのかな。しらんぷりしています。

ぼくは、ちょっと迷いました。お外に出たら、お母さんに怒られる。

その時、ぼくは思い出しました。そうだ、お母さんはもう一つ言っていた。

知らない人に、ついていっちゃダメよ。

だったら、だいじょうぶです。ぼくは、このひとを知っているから。

「おいでぇ……」

そのひとは、くりかえします。ぼくを見ながら、わらっていました。げらげらげら。

「ともくん……?」

お母さんが、不思議そうにぼくを見ます。げらげらげら。

ぼくは、そのひとの出した手をにぎりました。お外をあるく時は、手をつなぎなさいっていわれています。ぼくはいい子なので、ちゃんとそうします。

ぼくのつないだ手は、痣であかぐろくなっていました。

「ともくん、どこ行ったの……?」

お母さんが、きょろきょろしています。

こうしゅうでんわに、いってきます。

# 4

朝から小雨が降る中、清芽《せいが》は再び東京《とうきょう》に出て来た。

新宿《しんじゅく》から徒歩圏内、電車を使っても二駅のお屋敷街は初めて訪れる場所だ。都心とは思えない落ち着いた空気が心地よく、駅前の商店街には昔ながらの活気が溢《あふ》れている。住みやすそうな街だなぁ、と呑気《のんき》な野良猫たちを見ながら思ったが、肝心の目的地は名前からしても場違いな怪しさしか感じられなかった。

「〝日本呪術師協会《じゅじゅつしきょうかい》〟……なんて、まんまの看板出してるわけないよな」

ビニール傘を肩で押さえ、手にしたメモを見ながら己の呟《つぶや》きに苦笑する。昨晩、急きょ決めた東京行きだったが、会員でもない自分が『協会』に行くとは夢にも思わなかった。

『協会』――正式には『日本呪術師協会』と不穏な名称がついている――には、国内でも優秀な霊能力者が多く在籍している。彼らは『協会』に寄せられた情報を元に、霊障や霊感詐欺《さぎ》などのトラブルの調査に駆り出され、場合によっては除霊・浄化を行う仕事に就いていた。櫛笥《くしげ》や西四辻《にしよつつじ》の二人も会員だが、義務教育中の煉《れん》と尊《たける》は中学の出席日数がギリギリのため清芽が家庭教師に雇われたくらいの売れっ子ぶりだ。凱斗《かいと》もかつては会員だったが、フリーになった今でも上層部との付き合いは続いている。早くに親元を離れた後、成人するまで『協会』の人間が身元引受人になってくれたらしい。

「そういや、明良《あきら》にも高校時代からさんざん勧誘が来ていたけど」

協会の歴史は古く、ネットワークの広さには驚くものがある。葉室《はむろ》家は代々優れた霊能力者を生み出す家系として業界では名が知られていたが、そこの次男坊の力はとりわけ化け物じみている、という噂《うわさ》は以前から有名だったようだ。もっとも明良が人助けに興味を持つはずもなく、毎度素っ気なく断っていると聞いていた。

「あ、あれ?」

まずい。完全に道に迷ってしまった。

実は『協会』の建物はマップ上に存在せず、ネット検索では出てこない。そのため手描きの地図を櫛笥から持たされていたのだが、それが非常にわかり難かった。優美な容姿に反して、意外にも彼は絵がド下手だったのだ。

「何でもソツなくこなせる人なのに……意外というか……」

線は震えて曲がっているし、道が何本なのか不明瞭《めいりょう》だし、目安に描かれたポイントが大きな建物かと思えば犬小屋だったりで、あれ? あれ? と思っている間に現在に至る。清芽も東京に住んで数年はたっているし何とかなると多少舐《な》めてかかっていたのだが、悪天候の影響もあって、とうとう自分がどこにいるのかもわからなくなってしまった。

「まいったなぁ……」

溜め息をついて、ぐるりと周囲を見渡してみる。

お屋敷街とはいっても、ここはいわゆる高級住宅街というのとも少し趣が違う。戦後、政財界の大物や黒幕が密《ひそ》かな遊び場として別邸を建てたり、あるいは愛人、その子どもなどを住まわせたりといった特別な背景があるらしい。当時の人間はほとんど残っていないと聞くが、成り立ちのせいか明るさよりも、どこか憂いを秘めた風が流れているように感じた。

こんなところに、本当に『協会』本部があるのだろうか。

櫛笥を疑うわけではないが、番地の書き間違いという可能性もある。もとより彼の地図は頼りにならないので、とりあえず一旦引き返した方が良さそうだ。

「仕方ないな」

諦《あきら》めて踵《きびす》を返しかけた直後、思わぬ衝撃に面食らった。

「うわッ」

後ろに人がいたことに気づかず、清芽は傘ごとまともにぶつかってしまう。雨空に飛沫《しぶき》が跳ね、相手が狼狽してたじろぐのが見えた。

「す、すみませんっ」

ぶつかった弾みに落としたらしく、相手の足元に男物の傘が転がっている。それを拾おうと屈《かが》んで手を伸ばす姿に、清芽はハッと胸を衝《つ》かれた。

「あ、あの……」

ドキン、と心臓が大きく音をたてる。

まさか、いやそんなはずはない。湧《わ》き上がる期待を何度も打ち消しながら、息を詰めて彼を見つめた。雨粒が黒いジャケットの肩を濡《ぬ》らし、乱れた前髪から雫《しずく》が数滴落ちていく。まるでスローモーションでも見ているかのように、その光景は懐かしく鮮やかだった。

「あの、大丈夫……ですか……」

この場面、知っている。思わず心の中で呟いた。

濡れた黒髪、強烈な存在感。均整の取れた身体を包むのは、仕立ての良い黒のジャケットとパンツ、そしてライトブルーの開襟《かいきん》シャツ。

違うのは、その左手に包帯が巻かれていないこと。

去年、雨の中で出会い、清芽の運命を劇的に変えた男だ。

「凱斗……」

一瞬、傘を摑《つか》んだ彼の手が止まった。

さあさあと雨音が続き、不自然な沈黙が降りる。

「あの、凱斗……どうして……」

「……道の真ん中にボーッと突っ立っているから」

時間が再び動き出し、凱斗は面倒くさそうに答えた。眉根《まゆね》を寄せ、咎《とが》めるような目つきで睨《にら》まれて、淡い期待は見事に萎《しぼ》んでいく。だが、一足早く御影《みかげ》神社を後にした彼が同じく東京に来ているなんて想像もしていなかった。

「ご、ごめん。迷っちゃったみたいで」

「別に、おまえのせいじゃない。櫛笥の地図なら迷わない方がおかしい」

「はは……」

「だが、もっと気をつけろ。死霊は仕方ないにしても、生きている人間の気配くらいはわかるだろうが。祟《たた》り巫女《みこ》の背後には、赤子の末裔《まつえい》が潜んでいる。生身の人間が呪詛《じゅそ》に関わっているんだ。これは、ただの除霊より厄介だぞ。もっと危機感を持て」

「そんな、会いしなから説教しなくても」

容赦ない口ぶりにもだいぶ慣れたが、なまじ出会いの頃を思い出してしまっただけに気分は複雑だった。無愛想なのは一緒だが、初対面の凱斗には溢れるほどの愛情が秘められていて、距離が近づくにつれてそれを色濃く感じたものだ。同じことを望んではいけないとわかっていても、出会いの雨が清芽を過去へ引き戻そうとする。

「気をつけるよ」

他に言い様もなくて、とりあえず微笑《ほほえ》んだ。

思いの他早く顔を合わせる羽目になったが、意外と普通に話ができてホッとする。同時に、泣きながら縋《すが》りついたことなど彼には取るに足らない出来事だったのかと、小さく心が軋んだ。あんなに取り乱し、想いを曝《さら》け出したのに、自分たちの距離は何も変わらない。

「だけど、本当言うと助かった。約束の二時まで十分しかないし」

いけないい、と自分を戒めながら、清芽は笑顔を作った。今日は、佐原《さはら》に「大事な話があるから」と呼び出されたのだ。個人的な感傷に浸っている場合じゃない。

「まぁ、部外者にはわかり難いからな。協会の性質柄、結界も張ってあるし」

「東京にも、そんなところが……」

「何を今更とぼけているんだ。櫛笥の家も西四辻の本家も、似たり寄ったりだろうが。呪術師なんて商売をしていれば、理不尽な怨《うら》みなんかいくらでも買うさ」

「それって、巫女に呪詛をかけられた俺を慰めてくれてる?」

「……行くぞ」

軽口にも付き合わず、凱斗は傘を畳んで歩き出した。え、と戸惑いつつよく見ると、布の一部分が不恰好《ぶかっこう》に曲がっている。どうやら壊れてしまったようだ。

「気にするな。落とした拍子に、うっかり踏んづけたんだ」

「そうは言っても、濡れちゃうよ」

急いで自分の傘を差し出したが、うるさそうに払いのけられる。それでもめげずにくり返すと、とうとう根負けしたように柄を握り締め、清芽の歩幅に合わせてゆっくり歩いてくれた。

「男二人で差すには、小さすぎるだろう。二人で濡れるなんて非合理だ」

「でも、濡れる場所が半分で済むじゃないか」

「おまえ……」

呆《あき》れたように清芽を見やり、凱斗は盛大な溜め息をつく。

「前から思っていたが、何でそう無駄に前向きなんだ。祟り巫女の件でも、一番危うい立場にいるって自覚があるのか？　おまけに〝加護〟のコントロールはできない、明良は暴走する、問題山積みだ。しかも、自分だけじゃ霊を視《み》ることも侭《まま》ならない」

「もし借りていた力が切れたら、また凱斗に頼むよ」

「俺は、そういうことを言っているんじゃ……」

うっかり声を荒らげそうになり、彼は気まずく口を閉じた。先ほどは淋しく思ったが、こうして感情的な会話が増えてくるのは悪いことではないだろう。普通の友人同士のように話ができれば、せめて友達としての付き合いは続けられるかもしれない。

もちろん、望んでいるのは『友達』なんかじゃない。

でも、焦ったところで仕方がなかった。それに、呪詛返しで生き延びることができれば、また新しい関係を築くことだって不可能じゃない。

（でも、明良はもう納得しないかもしれない……）

昨晩の切羽詰まった表情を思い出し、またぞろ清芽の胸は重たくなった。

友達だよ、と言い張ったところで、凱斗に惚《ほ》れていることは明良も承知だ。綺麗事《きれいごと》でごまかすな、と言われるのがオチだろう。開き直った明良の中ではゼロか百かのどちらかしかなく、清芽の心に凱斗が居場所を得るのさえ許さないに違いない。

俺を引き留めてよ、と彼は叫んだ。

必死に伸ばされた手を摑《つか》むなら、他の一切を捨てる覚悟が必要だ。

「……のか？」

「え？」

ボンヤリしていたら、何か話しかけられていたようだ。

狼狽して隣を見上げると、目が合った途端、怒ったように外されてしまった。

「おまえ、気にならないのか」

「何を？」

「俺が、この前おまえにしたことを」

「この前って……あ」

みるみる顔が熱くなり、清芽は返事を詰まらせる。次から次へと目まぐるしく展開するせいで失念していたが、凱斗は本殿でいきなりキスしてきたのだ。強引な唇に翻弄《ほんろう》され、ろくに拒めなかった清芽だったが、改まって話題にされると居たたまれないほど恥ずかしい。

「あ、いや、だって、あれは」

「待て」

不意に庇《かば》うように腕が伸ばされ、グイと肩を抱き寄せられた。え、と動揺した刹那《せつな》、背後から来た車が追い抜いていく。雨がタイヤに弾かれ、すれすれのところまで飛んできた。

「お、女の子じゃないんだからさ」

「よく見てみろ」

「見ろって……何を……」

走り去る車の後部座席を、凱斗が顎《あご》で指し示す。血だらけの手のひらをべったりガラスにつけて、こちらを見ている男がいた。感情のない顔で惚《ほう》けたように口を開き、ぱくぱくと何かを言っている。死人独特の青白い肌が、みるみる視界から遠ざかっていった。

「後ろに死霊を乗せているのも知らないで、運転手もご苦労なことだ」

「そんな言い方……」

「おまえだぞ、清芽。おまえがいるから、、、、、、、、、、、、出てきたんだ」

「…………」

「どうせ何もできない連中だが、ああいうのが集まると厄介だ。〝加護〟は危害を加えようとしない限り発動しない。物欲しげな顔で、ただ付き纏われるのはぞっとしないだろう？」

コクコクと頷《うなず》き、思わず凱斗の腕にしがみつく。

後部座席の男は、「ホシイ」と言っていた。目の前のオモチャをねだるように、ひたすら

「ホシイ」とくり返していた。くぐもって割れた声まで聞こえてきそうで、清芽は恐怖に身震いをする。力の弱い霊で車から降りられなかったのが、不幸中の幸いだった。

「おい、大丈夫か?」

「こんな……思いを……」

「え……」

「こんな思いを、凱斗や明良はずっとしてきたんだよな。小さい頃からずっと。今の俺みたいに、誰かの腕にしがみつくこともできないで」

「…………」

その言葉を清芽が口にするのは、これで二度目だ。最初は、凱斗に誘われて除霊の仕事へ出向いた時。あれは、幽霊屋敷に取り憑《つ》く霊を祓《はら》え、という依頼だった。生まれて初めて霊障を経験し、身のすくむような思いをした清芽は、望まぬ霊力を持ったが故に普通には生きられなかった凱斗の人生に悲しみと愛おしさを感じたのだった。

「明良は……大丈夫だ。おまえがいた」

「じゃあ、凱斗は?」

「俺は……」

何げなく問い返した言葉に、凱斗の瞳が苦しそうに歪《ゆが》んだ。

自分には誰もいない。気味の悪い子どもだ、早く死んで欲しいと母親が言っていた。悪霊に目をつけられ、朝な夕な腕を「ちょうだぁい」とねだられた。少しでも気を抜けば、四肢をバラバラに捥《も》ぎ取っていこうと周り中の闇が舌なめずりをしていた。

「俺は……でも……」

おかしい。それなのに、孤独を思い出せない。辛《つら》くて怖くて苦しかったのに、絶望だった記憶がない。自分は、常に光を抱いていた。一人ではなかった。守るものがあった。

「…………」

光を見ていた。眩《まぶ》しくて綺麗で温かかった。

怯《おび》える日々に疲れ切っていた、あの日。

一瞬の閃光《せんこう》が、嫌悪する過去を消し飛ばしてくれた。

「凱斗……？　凱斗、どうした？　大丈夫か？」

「清芽……」

「え？」

「清芽……！」

凱斗の右手から、傘が転がり落ちる。降り続く雨が、清芽の頬《ほお》に柔らかく当たった。きつく抱き締められ、息が止まりそうになりながら重なる鼓動を聞く。優しい音が、互いの身体で響き合う。冷え切った指が頬を包み、ゆっくりと上向かせられた。

「かい……と……」

ずぶ濡れになった瞳が、自分を見つめていた。

さらさらと、雨の音しか聞こえない。

冷たい唇に熱い吐息がかかり、やがて交わってどちらのものかわからなくなった。


本殿の祭壇を前に、真木《まなき》は一心不乱に祝詞《のりと》をあげていた。

御影神社宮司《ぐうじ》としての務めの傍《かたわ》ら、空いた時間はこうして精神を全て注いでいる。連日の祝詞で清浄な〝気〟を高めていき、呪詛返しの効果がより発揮されるように地均《じなら》しをしているのだ。それは、父として清芽たちにできる精一杯の後方支援だった。

「……父さん」

不意に、背後から声をかけられた。

明良だというのはすぐにわかったが、普段に比べて覇気《はき》が感じられない。足音もなく近づいてきたことを訝《いぶか》しみはしたが、真木は祝詞を唱えるのを中断して静かに振り返った。

「父さんは、さすがですね。こうして父さんの祝詞が染み込んで、以前よりずっと境内の神気が増した気がします。昨晩の祟り巫女も、だいぶ影響を受けていたようでした。何も知らずに神域を穢《けが》したはいいけど、さぞ動き難かったと思いますよ」

淡々とした口調で敬意を表し、明良はその場に正座する。相変わらず、芯《しん》の真っ直ぐな美しい姿勢だった。真木は彼と向き合い、何の用事かと尋ねてみる。勤めを途中で止《や》めさせるなど、息子らしくない振る舞いだった。

「本当に凄《すご》いですよ」

質問には答えず、明良は一方的に話し出す。

「お蔭《かげ》で、凱斗の真言を食らって傷を作っていた。あれは、彼の力じゃない。父さんが、俺たちの呪の精度を上げてくれたからだ。あの男は、もっと父さんに感謝すべきなのに」

「明良？」

「あの二人が一緒にいる」

「…………」

あの二人、とは凱斗と清芽のことだろうか。

確かに、佐原に呼ばれたとかで清芽は出かけている。しかし、指定された行先は『協会』本部だと言っていた。本人も意図が読めずに首を傾げていたが、そこに凱斗も来ているとは聞いていない。仮に顔を合わせたとしても、それは本人たちの意思とは無関係だ。

「俺が追い出したところで、すぐにあいつは戻ってくるんだ。兄さんがいるから」

「明良、やめなさい。何度も言うが、おまえは」

「〝自分のために呪詛返しをやれ〟……でしょう？　わかってますよ。でも、呪詛返しが成功しても何かが変わるとは思えない。だって、祟り巫女が調伏《ちょうぶく》されたら凱斗の記憶は戻るかもしれない。兄さんは、そのために必死になっているじゃないですか」

「明良……」

おかしい。話がまるで通じない。

真木は、ようやく明良の異様さに気づいた。息子だからと警戒を解いていたが、実際の明良とは似て非なるズレを感じる。何度か明良は兄への執着を吐露してきたが、根底にあるのは絶望と孤独であり、怨みや憎悪とは種の異なるものだった。

だが、目の前の彼は違う。

その言霊《ことだま》には、妄執《もうしゅう》の生んだ疑心が満ちている。

「どうして……凱斗なんだ……」

ゆらり、と輪郭が大きく揺らいだ。

「どうして……」

明良の姿がみるみる薄れ、瞬く間に消えていく。

後には、強い雨の香りだけが漂っていた。

「やぁ、二人ともびしょびしょだ。私が待ちくたびれている間、どこで遊んでたの？」

開口一番、焼き菓子を口へ放り込んでいた佐原からにこやかに冷やかされる。実際、嫌みの一つくらい言われても仕方のない大遅刻だった。指定された二時はとっくに回り、壁にかけられた年代ものの振り子時計は三時に差し掛かろうとしている。

「すみません、お待たせしてしまって」

「申し訳ありません」

凱斗と揃って頭を下げると、床に雫がぽたぽた落ちていった。佐原は呆気《あっけ》に取られた後、堪《こら》え切れずにくっくと肩を震わせる。遅刻を怒るどころか、ずいぶんとご機嫌な様子だ。

ようやく辿《たど》り着いた『協会』本部は、清芽の想像を上回る建物だった。

まず、ビルのテナントなどではなく豪奢《ごうしゃ》な屋敷だったのに驚いた。それも、都心によくぞ、と思う広大な敷地に和洋折衷《せっちゅう》の入り組んだ豪邸が三つ建てられており、全てが『協会』の管理下なのだという。それぞれの屋敷を渡り廊下が繋《つな》いでちょうど三角形を作っているのだが、清芽たちが今いるのは正門を入って一番正面にある『協会』の要にあたる箇所だった。

「あの、本題に入る前に訊《き》いてもいいですか」

案内してくれた職員にタオルを渡され、髪を拭《ふ》きながら清芽は口を開く。

「佐原教授って、『協会』の人間とは知り合い程度だって話でしたよね。それなのに、急に本部に呼び出されてびっくりしました。呪詛返しの件も、『協会』は無関係だし……」

「表向きはそうだけどね」

「え？」

「櫛笥早月《さつき》くん、西四辻煉くん尊くん、二荒《ふたら》凱斗くん、葉室兄弟――実際、祟り巫女に穢れを受けた人間は『協会』の所属かＯＢ、あるいはスカウト候補としてチェックされている。あ、これは霊感のない清芽くんも含まれているからね。君の〝加護〟については、『協会』側も非常に注目しているらしいよ。で、ここで全員が一斉に死んだりしたら『協会』にとっては大きな痛手なんだよね。何つったって優秀な人材ばかりだし、本物の霊力を持った人間なんてそうそう転がっていない。だから、非公式ではあるけど協力はしてくれることになったんだ。二荒くんが、上層部に掛け合って話をまとめてくれた」

そう言って、佐原が隅に控える職員に視線を向けた。清芽たちを案内した後、そのまま部屋に残っていた彼が軽く会釈を返す。なるほど、ここでの会話を報告する係というわけだ。

「とにかく、私たちは全員命の危機に晒《さら》されてる。そこは間違いないと思う」

「……そうですね」

「まぁ、人間いつかは死ぬんだけどね」

悪びれることなく、佐原はあっけらかんと言い放った。彼自身、巫女の怨霊《おんりょう》には恐ろしい目に遭っているにも拘《かか》わらず、興味深い研究材料としか見ていないようだ。相変わらずだなぁ、と苦笑し、清芽はしみじみと佐原の人好きのする容貌《ようぼう》を眺めた。

佐原義一《よしかず》。M大で民俗学を教える教授で、専門は土着信仰。同じ分野で非常勤講師を務めている凱斗によると、その分野では有名な人らしい。まだ四十半ばの若さだが、小柄で童顔の丸眼鏡《めがね》スタイルのため余計に若く見え、失礼だが可愛《かわい》らしいイメージが拭《ぬぐ》えなかった。

けれど、一旦しゃべり出すと印象はガラリと変わる。良くも悪くもマイペースで、オモチャに夢中になる小学生男子のように傍若無人《ぼうじやくぶじん》だ。好奇心の塊と言えば聞こえはいいが、空気を読むことに神経を使うくらいなら、一歩でも真理に近づきたいというエゴを隠しもしない。

（それでも根はいい人だし、何だかんだ頼れるんだよな）

あまりに無邪気すぎて憎めない、という得な人物だが、もしかしたらそれさえ彼の手のひらで転がされている証拠なのかもしれない。

「じゃあ、もう本題に入っていいかな」

応接室のテーブルには、栗を模《かたど》った一口サイズの焼き菓子が皿に盛られている。京都《きようと》の有名なパティスリーから取り寄せた、期間限定の焼きモンブランなんだそうだ。それをひょいひょい摘まんでは食べながら、佐原は清芽たちにも座るよう促した。

「二人とも風邪ひかないようにね？　遅刻とずぶ濡れだった件は、明良くんには黙っておいてあげるから。ま、君たちの空気が微妙に変われば、あの子はすぐ見抜きそうだけど。実際のところ、どうだったのかなぁ？」

「佐原教授」

「……ごめんって。二荒くん、そう睨まないで。実はさ、君が非常勤をしている大学で調べてくれた件、もしやと思って『協会』に当たってみたら思わぬ展開があったんだよ！」

「本当ですか？」

思わず腰を浮かせた凱斗を見て、一体なんのことかと清芽は面食らう。どうも、凱斗と佐原は自分の与《あずか》り知らぬところであれこれ動いていたようだ。

「キョトン顔の清芽くんのために、最初から整理してあげよう。大事なことだ。人に説明することで、私自身の思考もクリアになる。清芽くんも、何か質問があれば遠慮しないで」

「は……はい」

緊張して頷いたものの、不安になってちらりと凱斗を見る。清芽が言わんとする意味をすぐに悟った彼は「心配いらない」と力強く請け合った。

「まがりなりにも『協会』の本部だ。さすがに、祟り巫女も簡単には結界を破れない」

「うん、ここの偉い人もそんなこと言っていたよ。何て言ったかな、二荒くんの後見人とかいう人。しかし、今はそれより先を急ごう。まず、呪詛返しそのものを振り返ってみる」

またずいぶんと遡《さかのぼ》るな、と思ったが、清芽は黙って続きを待った。

「事の起こりは省くとして、とにかく私たちと月夜野《つきよの》くんは呪詛返しを行った。その結果、二荒くんは清芽くんの身代わりになって神隠しに遭い、一度は助かったと思われた月夜野は生ける屍《しかばね》となって入院中。戻ってきた二荒くんは、清芽くんのことだけを忘れていた」

「…………」

「さて、ここで問題なのが失敗の原因だ。私は、巫女の赤子の可能性を考えた。純潔でない彼女は妊娠していて、一緒にお腹の子も月夜野の一族に殺されたんじゃないかってね。巫女に子どもがいたのは、御影神社で借りた当時の覚え書きにも隠語で残されていた。ただし、尊くんの霊視によって赤子は死んでいなかったことが判明する。これは、痛恨のミスだ。私の思い違いのせいで、余計な先入観を与えて君たちを遠回りさせてしまった。すまん」

深々と頭を下げられ、そんな、と狼狽《うろた》える。

もともと、佐原は興味本位で首を突っ込んできただけで呪いとは無関係だ。それなのに、あれこれ頼りすぎてしまったと、むしろ清芽は反省していた。佐原本人はけろっとしているが、間違いなく巫女の穢れは彼にも及んでいるはずだ。

「君たちに謝るのは、これで二度目だ」

一転、神妙な表情を作り、佐原は真面目な声を出した。

「一度目は、巫女に赤子がいた可能性を見落としていたこと。それから、学者のくせに確認もせずに赤子は殺されたと思い込んだこと。思い込みや先入観は、学問にとって何よりの敵だ。初めて向き合った異常事態とはいえ、己の役目を疎《おろそ》かにしていい理由にはならない」

「そんな、あの場合は仕方ないですよ。だって、赤子の存在がわかったのは子ども用の形代《かたしろ》からですよね。形代なら副葬品として埋葬されたり、供養に使われたりするのが普通です。佐原教授が、死んだ赤子の魂を慰めるためだと解釈するのは当然です」

「……ありがとう、清芽くん。でも、やはり不確定の要素がある内はあらゆる可能性を考えておくべきだったんだよ。それが、私の立ち位置なんだからね」

「佐原教授の……立ち位置……」

「うん、そうだよ。私は、呪詛返しに関しては門外漢だ。専攻するジャンルと地続きではあるが脳に詰め込んだ知識に他ならず、実地では何の役にも立たない。けれど、そんな人間が巻き込まれたのには必ず意味があると思うんだ」

　力強い自負を込め、佐原はわくわくと胸を張る。

「私が、呪詛返しの中で果たすべき役割。それを自覚し、実践する。そうやって、初めて私は私であることを証明できる。だから、こんなにも夢中でのめり込むし、君たちにも助かってほしいと願わずにはいられない」

「佐原教授……」

　彼の言葉の一つ一つが、激しく清芽の感覚を揺さぶった。

　それは、まさしく自分が求めている答えだった。それなのに、「興味本位」などと考えていたことを恥ずかしく思う。佐原もまた、自身に課せられた運命と対峙《たいじ》しているのだ。

　置かれた場所で、己の役割を正しく把握し実行する。

　単純明快なその姿勢こそ、自分らしく戦うことに他ならなかった。

「さてと。懺悔《ざんげ》が済んだところで、話を戻そうか」

深刻になりかけた空気を、からりと切り替えて佐原が笑った。

「新しい呪詛返しのポイントは、何と言っても巫女の赤子だね。どういう経緯か不明だが、生き延びた赤子の子孫が今回の呪詛に絡んでいるのは間違いない」

「茜悠一郎《あかねゆういちろう》……櫛笥と佐原教授は、本人に会っているんですよね？」

「うん。まんまと騙《だま》されたよ。でも、本人が自ら姿を晒し、あらかじめ清芽くんから自転車を盗んでいたことまで知らせてきたのには驚いた。これは、彼なりの宣戦布告なんだろう。ずっと前から、おまえを知っていたんだよ、というわけだ。向こうも、そろそろ祟りに終止符を打つ頃合い、と思っているんだろうな。そもそも、月夜野家の直系を末代まで呪い殺す、というのが目的だしね。こう言っては何だけど、月夜野がこのまま目覚めなければ、おいおい衰弱死するのは火を見るより明らかだ。そうなると、残りは呪詛返しに嚙《か》んだ面々だけになる」

「あまり時間がないということですか……」

「ただ、私や凱斗くんが引っかかっている点は他にもあるんだ」

ねぇ？　と続きをいきなり振られ、凱斗が険しい顔で引き継ぐ。

「巫女の目的は、月夜野家の直系が絶えることだ。そのために、後々になって月夜野が頼るであろう清芽まで呪詛にかけた。だが、はたして数百年に亘《わた》って呪い続ける力が本当に彼女一人のものなのか？　神事に関わる以上俗人ではなかったにせよ、今の彼女はほとんど妖怪だ。そこまでになったのは、呪力を育てた『協力者』がいたからだと思う」

「それが、生きていた赤子の子孫？」

「恐らくはな。悠一郎が現れたことが、何よりの証拠だ。わからないのは、現代に生きる子孫がそこまで過去の怨念に捕らわれるだろうか、という点だ。数百年も昔の先祖が惨殺《ざんさつ》されたからといって、子々孫々まで怨みを受け継ぐというのも不自然だろう」

「え、じゃあ、悠一郎の目的は何なんですか。ていうか、それじゃ代々の呪詛を繋いできた子孫の方が祟り巫女よりよっぽど……」

「結局、生きている者が一番恐ろしいってオチになるねぇ」

残りの焼きモンブランを一人でたいらげ、佐原は美味《うま》そうにお茶をひと啜《すす》りした。そんな呑気な場合か、と清芽は動揺するが、彼らはこの件についてさんざん検討した後なのか、さほど動じてはいないようだ。赤子が生きていた、と発覚した時から、その可能性をすでに考えていたのかもしれない。

「何だか、怖ろしい心地がします」

深々と息を吐き出し、清芽はびりびりと震えるような感情に身を置いた。

「思えば、月夜野さんもそうでした。呪詛返しのために、多くの無関係な人を犠牲にした。そのことは絶対に肯定できないけど、彼には少なくとも理由があった。直系の血を絶やすまいという、先祖代々の執念の結晶が彼だった。でも、これは違う。怨霊を利用して、生きた者が何かしらの欲望を満たそうとしている。始まりは理不尽な死を迎えた巫女の無念だったはずなのに、いつの間にか目的がすり替えられている。俺たちは、それに踊らされているんだ」

「清芽くん……」

「俺は、そんなの許せない」

自分でも戸惑うほど、芯から怒りが湧いてくる。

葉室家の長男として、因果の報いであるならば抗《あらが》う覚悟があった。現に、巫女の怨みはもっともだと思いつつも、自分たちは生き延びるための道を模索している。

だが、生者の欲望に死者の思いが利用されているなんて、あってはならなかった。

そのために数百年間も憎悪の闇にまみれ、祟り巫女と化すまで怨みを膨《ふく》らませられた魂は本当の意味で救われない。

「そんなの、人が手を出していい領域じゃない」

燃えるような思いを抱え、清芽は言った。

「絶対に、そんなのは認めない」

「清芽……」

凱斗も佐原も、清芽が初めて見せる顔に気圧《けお》されている。だが、それも道理だった。

自分一人だけが霊感を持たず、周囲の人間から守られる立場にあることを、清芽はずっと引け目に感じてきた。劣等感を持つより少しでも皆の役に立たねば、と必死に前を向いてはいたが、その言動は常に控えめで遠慮がちだったのだ。

だが、今は違った。

身の内を、強い意志の波動が熱く脈打っている。

「必ず、捻《ね》じ伏せる」

凛《りん》と透き通る声が、刃のように煌《きら》めいた。

冒し難い眼差しには、ひとかけらの迷いもなかった。怒りは決意へと昇華され、混じり気のない感情だけが清芽の心を支配する。降りかかる火の粉ではなく、これはあらかじめ運命づけられた為《な》すべき役割なのだ――そんな確信があった。

「――わかった」

魅入られたような沈黙の後、凱斗が静かに応じた。

「おまえが言うなら、それを現実にするまでだ」

「え……」

「捻じ伏せて叩《たた》き潰《つぶ》す。もう復活できないように」

「俺が……言うなら……？」

呆然と訊き返すと、ふっと彼の瞳が和らいだ。黒目に甘い色が滲《にじ》む。

「そんな顔ができる奴とは、思わなかった」

「凱斗……」

信じられなかった。

ずっと清芽を拒み続け、失った記憶を取り戻そうともしなかった凱斗が、以前と同じ表情で自分を見ている。こんな場面を、どれほど夢に見ただろう。清芽は思わず絶句し、蘇《よみがえ》る口づけの余韻《よいん》にどうしようもなく苦しくなった。

多分、凱斗は自分を思い出したわけではない。それは、唇が離れた後の困惑した顔で容易に察しがついた。でも、今までと違う点が一つだけある。凱斗は、口づけを後悔していなかったのだ。今までも不意に抱き締められたり、傷つくようなやり口で唇を奪われたりはしたが、必ず苦い色がその目に浮かんでいた。

けれど、今はそうじゃない。

衝動に走った己を、凱斗は素直に認めていた。男同士なのに恋人なんて、と反発していた彼が、清芽に触れることを自然な感情として受け入れている。

(記憶がなくても、〝加護〟の力を使わなくても、俺自身を見てくれている)

それは、記憶のない凱斗と最初に築いた信頼の瞬間だった。

「おやおや？　〝おまえが言うなら〟だって？」

ニヤニヤと冷やかす口ぶりで、佐原教授がこちらを見つめる。

思いがけず凱斗との距離を縮めたものの、目の前の問題が解決したわけではなかった。うっかり緩みかけた気を引き締めようと清芽は努めたが、好奇心旺盛な佐原は尚も食い下がる。

「それはまた、ずいぶん熱烈な一言だねぇ。二荒くんの熱いノリ、懐かしいなぁ。ようやく、私の知っている君が戻ってきたようだ」

「やめてください、佐原教授。俺はただ……」

「ま、脱線するのはこのくらいにしておこう。時間が勿体《もったい》ないからね」

あっさりと言い訳をかわされ、凱斗は憮然と口を閉じた。しかし、佐原の言う通り、今は悠長に雑談をしている場合ではない。彼は、すぐさま私情を振り捨てた。

「佐原教授、貴方《あなた》が俺たちを呼んだのは、悠一郎の身元がわかったからですよね？」

「ああ。だからこそ、君たちに『協会』本部へ来てもらったんだよ」

「だからこそ？　どういう意味です？」

「二荒くん、自分の講義に出席した生徒の名簿を大学で当たってくれただろう？　案の定、茜悠一郎の名前が何度か出てきたって言っていたね。不敵にも、彼は偽名など使っていなかったわけだ。ここだけは、ちょっと意外だったな。いかにも偽名って感じの名前じゃないか」

「しかし、それ以上の情報は大学側から引き出せませんでした。せめて住所くらいは、と思ったんですが、構内に親しい友人も見つけられなかった」

「まぁ、仕方ないよ。今はセキュリティが厳しいからねぇ。しかも、悠一郎は夏休み直前に休学届を出していたそうじゃないか。ちょうど、君の故郷である辰巳町《たつみちょう》で神隠しが起き始めた頃だ。偶然にしては、奇妙な一致だと思わないか？」

「え……」

　不可解な物言いに、凱斗のみならず清芽も戸惑いを覚える。

　二人の反応ににんまりとし、佐原は結論を口にした。

「清芽くんが友人から借りた自転車、辰巳町の神隠し事件、もしどちらにも悠一郎が関わっていたとしたら、ずいぶんと恐ろしいことだよね。その意味するところは——明確な悪意だ」

　明確な悪意。

　禍々《まがまが》しい響きにぞっと肌が粟立《あわだ》ち、雨で冷えきった身体が震えた。

「無論、これは仮説にすぎない。だけど、検討してみる価値はあると思う。巫女の子孫が祟りに固執した理由も、恐らくそこに潜んでいる」

「そんな……」

「わざわざ本名を明かし、素顔を晒し、痕跡《こんせき》までつまびらかにしてくれたんだ。このくらいの推論は立てないと、彼に失礼だろう？　ねぇ、茜悠一郎くん」

　まるで旧知の人間に話しかけるように、佐原が部屋の隅に向かって口を開く。

「まったく、君は大胆不敵だなぁ。私は君と一度会っているっていうのに。それとも、私の記憶力を試していた？　さすがに数日程度じゃ、人の顔を忘れたりはしないよ」

「さ、佐原教授、何言ってるんですか。一体誰に向かって……」

「——おまえか」

面食らう清芽の横で、凱斗が素早く立ち上がった。慌てて清芽も倣《なら》ったが、鋭い視線の先には誰もいない。いや、正確に言うと先ほどの職員はいるのだが、他に怪しい人影はまったく見当たらなかった。まさか消えてしまったか、自分に見えないだけなのだろうか。

「おまえ呼びはひどいなぁ、二荒先生」

嘲笑《ちょうしょう》を孕《はら》んだ、よく通る声がした。

続けて、職員の青年がゆっくり顔を上げる。

「さっきまで、さんざん僕の名前をくり返していたくせに。茜悠一郎って。偽名くさくてすみません、佐原教授。でも、これでも一応本名なんですよ」

「う……そ……」

「はじめまして、葉室清芽くん。あ、でも僕は君を知っていたよ。ずっとずっと前からね」

世間話でも始めるように、爽《さわ》やかに悠一郎が微笑んだ。毒もなければアクも強くない、どこにでもよくいる好青年だ。だが、その双眸《そうぼう》だけはまったく温度を感じさせず、彼が微笑を作れば作るほど地味なスーツ姿が異様に見えてくる。

「でも、正直言うと少しがっかりだな」

呆然とする一同をゆっくり見回すと、悠一郎は残念そうに溜め息をついた。

「せっかく昨晩、挨拶《あいさつ》に行ったのに。二荒先生は、さっきも僕に気づかないんだもの。いくらあの時は暗がりで、僕も右半分しかなかったとはいえ……」

「おまえ……」

「あ、それとも思念だけで実体じゃなかったせいかな。頑張ってるんだけど、どうしても詳細がぼやけるんですよね。何とか、身体半分を作るのが精一杯で」

「…………」

「でも、嘘はついていなかったでしょう？　去年の春と秋、合計七回、僕は先生の講義を受けています。『民族文化史料論』『村落伝承論』、どちらも素晴らしい内容でした。先生、僕の提出したレポートにA＋つけてくれたの覚えてますか？　嬉しかったなぁ」

嬉しそうに呟く姿を、凱斗は苦々しく睨みつける。一体何の話をしているのかと清芽が狼狽していると、悠一郎は不意に話を振ってきた。

「そうだ、清芽さんは蔵にいて見ていなかったんだ。僕が、母さんを迎えに行ったところ」

「母さんって……」

「失敗したな。挨拶なら、全員が揃った時にすれば良かった。でも、母さんがどうしても会いに行きたいって、早くみんなと遊びたいって言うから」

「…………」

「遊びたいんだって」

くり返すなり、悠一郎はケタケタと笑い出した。それまでの無害な雰囲気が一変し、悪意と快楽が満面に渦巻いている。だが、それら全てを支配しているのは怖ろしいほどの虚無だった。

時折覗かせる無感動な瞳は、心のない生き物そのものだ。

「佐原教授の発想は、なかなか良かったと思います」

　まるきり感情の抜け落ちた声が、うすら寒く唇から零れる。

「僕が実在する人間だと二荒先生が確認したのを聞いて、すぐさま『協会』へ情報を求めた。僕が祟り巫女の子孫なら、相応の霊能力を持っている可能性は高い。ならば、『協会』のチェックリストに入っていてもおかしくない——そう考えてね。お見事です。『協会』のネットワークはバカにできない」

「そうだね。でも、そこで手詰まりになった。確かに、君は『協会』のリストに一度は名前が載っていたらしい。だけど〝調査の結果、茜悠一郎は霊能力保持者と認められない〟って返答が来たからね。おまけに、詳細はすでにデリート済みだった」

　佐原は皮肉めいた口調で答えたが、その顔は納得していなかった。だが、その気持ちは清芽も凱斗も同じだ。あれほどの怨霊を操れる者が、ただの人間であるわけがない。

「その報告に、私はひどい違和感を覚えたよ。よほど上手く尻尾《しっぽ》を隠したのかと思ったが、一方で矛盾を感じてもいた。だって、君の言動は常に挑発的で、身元を隠そうという意思が微塵《みじん》も感じられなかったからね」

「……だから？」

「私は考えた。『協会』のデータは改ざんされたものではないか、と。何らかの理由で、君は自分のデータを消去する必要が生じたんだ。だが、凄腕のハッカーでもない限り、そんな簡単にできる芸当じゃない。自らデータを弄《いじ》れる環境に出向く方が確実だ」

「それが、『協会』本部か……」

悔しげに、凱斗が呟いた。盲点だった、と言外に含ませて。

「だが、どうやって潜り込んだ？　偽の履歴書を用意したところで、おまえをチェックリストに入れた人間には顔バレしているだろう？」

「ええ、生きていればね」

「な……」

屈託なく答えると、悠一郎は突然寛《くつろ》いだ様子でネクタイを緩め始めた。緊迫する空気の中、鼻歌でも歌いかねない態度に誰もが二の句を継げずにいる。

だが、清芽は直感的に悟った。彼は、別にこちらをバカにしているわけではない。感情の動きに前後の脈絡がなく、思いついたことを行動に移しているだけなのだ。そこには善悪の区別もなければ、喜怒哀楽の揺れもない。人らしい感情そのものが、まったく抜け落ちている。

『結局、生きている者が一番恐ろしいってオチになるねぇ』

佐原のしみじみした一言が、脳裏を過《よぎ》った。

だが、実際に悠一郎を目の前にすると、どうすればいいのか判断がつきかねる。いくら命の危機と言っても、彼が直接手を下していない以上、拘束したり法律で裁くことは不可能だ。祟りや呪詛で人が死ぬなんて、世界中どこの国でも公的に認められてはいない。

「首尾よくデータは消去できたし、本当はすぐに出て行こうと思ったんですよ」

愛想よくにこりと微笑み、悠一郎は言った。

「チェックに引っかかったとはいえ、僕の能力を『協会』は高く評価はしていなかった。お蔭で管理も緩かったので、処理は比較的簡単でした。これが清芽さん、貴方の弟の葉室明良となるとそうはいかない。かなり詳細なデータが収集されているようだけど、厳重すぎて手も足も出なかった。まるで国宝か天然記念物扱いだ。面白かったなぁ」

「……おまえの口から、明良の名前を出すな」

「あれ？　優先順位が下がっても、やっぱり兄弟愛は健在なんだ？」

侮蔑《ぶべつ》的な言葉を吐かれ、カッと頭に血がのぼる。どこまで事情を知っているんだ、と思ったが、いちいち相手にしては悪戯《いたずら》に時間を浪費するだけだ。

「清芽」

堪える清芽の背中を、凱斗がポンと軽く叩いた。懐かしい温もりが伝わり、ほうっと緊張が解れていく。その様子に微かな安堵《あんど》を見せ、佐原が悠一郎へ向き直った。

「君の口ぶりだと、私たちを待っていたみたいだね。もちろん、今日の案内も偶然じゃないだろう。まったく恐れ入るよ。たった数ヶ月で、君はだいぶ『協会』に馴染《なじ》んでしまったようだ。その無害な好青年ぶりが曲者《くせもの》だな」

「一介の職員程度なら、周りの目もさほど厳しくありませんからね。どんな組織でも、直属の上司に懐いていれば問題ありません。月夜野の分家でお会いした時から、さほど時間をおかずに『協会』へ辿《たど》り着くだろう、と思っていたので嬉しいです。貴方たちが必死になっている様子を、ぜひともこの目で見たかったので満足しました。追い詰められた人間の生の感情を聞くのは、ぞくぞくしましたよ。どうぞ、頑張って〝捻り潰し〟てください」

嫌みではなく、本心から期待している声だ。

だが、一瞬後には些《いささ》かしょんぼりした顔で彼は愚痴《ぐち》を零した。

「再会した僕を見ても佐原教授が知らん顔なので、これは外したかとヒヤヒヤしましたよ」

「それは悪かった。どうせなら、皆の前で暴露した方が面白いからね」

「面白い……」

うそぶく佐原に、彼は目を丸くする。

次の瞬間、パッと表情が輝いた。初めて見せる、感情的な反応だった。

「奇遇ですね。僕も面白いことが大好きです」

「…………」

「佐原教授、貴方ならわかるはずですよ。何百年にも亘るたくさんの僕が、どうしてお母さんに餌《えさ》を与え続けてきたのか。貴方の言う〝明確な悪意〟とやらの正体を、ぜひ解き明かして見せてください。大丈夫、貴方ならわかるはずだ。でも、早くしてくださいね？」

「早く？」

「間に合わなくなりますから」

意味ありげな一言を残し、悠一郎が扉のドアノブへ手をかける。引き止めようかと咄嗟《とっさ》に身体が動いたが、清芽はそれ以上先へ進めなかった。凱斗が「待て」というように、右手を伸ばして行く手を遮《さえぎ》ったからだ。

「凱斗、何で……ッ」

「そうそう、清芽さんは素人なので言っておきますが」

振り返り様、悠一郎が嫌な笑い方をする。

「僕をどうにかしようなんて、物騒なことは考えない方がいいですよ。術師に何かあれば、眷《けん》属《ぞく》の怨霊に跳ね返る。無駄な暴走を招くだけです。早い話、僕に万一のことが起こると、お母さんを制御する者がいなくなる、ってことです」

「な……に……」

「積年の呪詛が叶《かな》うのを目前に、祟り巫女は狂喜している。今すぐにでも貴方たちを食い散らかし、その魂を引き裂きたくてウズウズしているんだ。いいですか、清芽さん。忘れないでください ね。僕がいるから、彼女はおとなしいんだ」

「…………」

「では、さようなら。また、近い内にお会いしましょう」

残酷な事実を突きつけ、悠々と彼は去って行った。恐らく、もう『協会』に現れることもないだろう。結局、最初から最後まで、その手のひらで転がされたも同然の邂逅《かいこう》だった。

「くそ……みすみす……」

ドッと疲労が押し寄せ、清芽は力なくソファへ座り込む。立ち尽くす凱斗をふと見ると、彼は血の気が失せるほど強く右の拳《こぶし》を握り締めていた。同じように呪術を扱う彼には、悠一郎の話が脅しでないことがわかるのだろう。それだけに怒りも深いに違いない。

（だから、俺を止めたのか……）

素人、と嘲《あざけ》られたことに、改めて口惜《くや》しさが込み上げてきた。同時に、悠一郎を説得して呪詛を止める、なんてムシのいい展開はありえないと思い知る。やはり、正面から迎え撃つしかないのだ。祟り巫女を調伏し、呪詛を払い除《の》けるしか道はない。

「――そういうことか」

はぁ、と佐原が溜め息を零した。一体何が、と目で問いかけると、つくづくまいった、というように苦笑いが返ってくる。丸眼鏡の奥で瞬きをくり返し、彼はおもむろに言った。

「今日は、お疲れ様だったね」

「え……」

「十中八九、悠一郎が『協会』に潜り込んでいると推察していたから、わざわざ東京まで君を呼んだんだよ、清芽くん。二荒くんは、言わば君のボディガードってところかな」

「そうだったんですか……」

勝手にボディガード役を割り振られたと知って、凱斗はますます仏頂面になる。だが、佐原の元に身を寄せている立場上、文句は控えているようだ。

「君たちと悠一郎を対面させれば、何か起きるかもしれないと思ってね。以前、二荒くんから〝わかる〟ことが術の練度を上げるって聞いたもので」

「あ、それなら俺も聞きました。呪をかける相手の正体や成り立ち、根源に関わる情報を正確にたくさん集めた方が術が効きやすいって。だから、霊との対話ができる尊くんと除霊が得意な煉くんのコンビは優秀なんだって……」

「俺がおまえに？」

記憶のない凱斗は訝しげだが、佐原はさっさと話を続けた。

「さっきも話したけど、赤子の子孫が何を目的として祟り巫女を育てたか、それがわかれば有利になるんじゃないかな。少なくとも、前と同じ段取りでやっても効果は期待できないし。だけど、あれは手強いな。摑みどころがなくて、さっぱり考えが読めない」

「でも、悠一郎は〝佐原教授ならわかるはず〟って言っていましたよね」

「う〜ん……」

腕組みをしてひとしきり首を捻った後、とうとう佐原は降参のポーズを取った。確かに、謎めいた言葉だけで今すぐ正解を見つけるのは難しそうだ。

ひとまず今日は解散ということで話はまとまり、部屋を出ようとした時だった。

「あ、ごめん。電話が入ったみたいだ。先に帰ってくれるかな」

上着のポケットから携帯電話を取り出し、佐原が「悪いね」と片手で拝む。わかりました、と頷いて清芽は凱斗と連れだって部屋を後にした。閉めた扉越しに「もしもし?」と軽快な声が聞こえ、あの人が一番元気だな、と苦笑する。立ち聞きになっては悪いので、そのまま清芽たちは足早にその場から立ち去った。


「神社へ戻るのか?」

建物の外へ出ると、雨はすっかり止んでいた。尋ねる凱斗に他意はないだろうが、何となく清芽はドキリとしてしまう。アスファルトの水溜まりに目を落としながら、駅までの道程がうんと長ければいいのに、なんて少女漫画のセリフのようなことを思った。

「凱斗は? 今、佐原教授の研究室にいるんだっけ?」

「ああ。ソファで寝泊まりさせてもらっている。あの人も、ほとんど自宅へ帰らないんだ。だいぶ前に奥さんを亡くしてから、ますます研究に没頭しているらしい。民俗学だと、フィールドワークも多いしな。呪詛返しを終わらせたら、俺も助手として入ろうかと思っている」

「へぇ、それはいいね。凱斗と佐原教授、いいコンビになりそうだよ」

「おまえは? 確か、三年だと言っていたろう。就職活動はどうするんだ?」

「う〜ん……正直なところ、呪詛返しで頭が一杯で全然余裕がないな。ちゃんと考えなきゃと思ってはいるけど、それどころじゃないっていうか。でも、御影神社は明良が継ぐことになっているから、どんな仕事にせよ東京に残るだろうな」

心の片隅では、ちゃんとわかっている。

これが、束の間の平和な会話に過ぎないと。

それでも、話す相手が凱斗であることが清芽はとても嬉しかった。こんな風に他愛もなく、ただ笑って話ができれば今はそれでいい。キスの意味を、問い質そうとは思わない。

もし恋じゃなくても、自分を忘れていても、隣に並んで一緒に歩いている。

そんな何げない日常が、ひどく贅沢《ぜいたく》なものに思えた。

「どこかで、飯でも食っていくか」

「え？」

「おまえがどうやって連中を〝叩き潰す〟のか、もう少し話を聞かせてくれ」

「あのなぁ……」

意地の悪い言いぐさだが、横顔は笑っている。

いいよ、と清芽は頷いた。

ボディガードなんて言っていたけれど、もしかしたら凱斗と二人の時間が作れたのは佐原の茶目っ気かもしれない。そんな風に思ったのは、だいぶ後のことだった。

はい、と眼前へ手紙の束を差し出され、櫛笥は眼鏡の奥で瞬きをする。

清芽が『協会』へ行っている頃、彼も久しぶりに所属する芸能事務所へ顔を出していた。

「あ、ああ。どうもありがとう」

しばらくタレント業は休むと言ってあるのだが、だからといって不義理をするわけにもいかない。本音を言えばそれどころではなかったが、呪詛返しに失敗したらこうして訪れる機会を失うかもしれないのだ。しかし、来るなり仕事モードで迫られるとは思わなかった。

「櫛笥さん、仕事しましょう！」

やる気を喚起《かんき》させるためか、マネージャーの雪村真美《ゆきむらまみ》が張り切って声を張り上げる。去年来たばかりの新人なので、まだまだ元気が有り余っているようだ。

「見てくださいよ、その手紙の束。最近来たファンレターですよ。有難いじゃないですか、このネットのご時世に肉筆で！　こういうファンこそ、大事にしていかなくちゃ」

「ああ、うん、そうだね」

「そういうわけで、休業なんて言わないでガンガン仕事入れましょう。新規でいろいろ声がかかっているんですよ。どれも断るのが勿体ない話ばかりで……」

「申し訳ないけど、しばらく新規は難しいって言ったでしょう？」

「櫛笥さぁ〜ん」

気の毒だが、そんな情けない顔をされても無理なものは無理なのだ。

呪詛返しの成否がわからない間は、先の約束など何一つできない——そう考えているからだが、無関係の人間にそんな話をしたところで正しく理解はされないだろう。雪村がそうだとは言わないが、肩書きは霊能力者でも眉唾だと思っている輩《やから》はたくさんいる。

「手紙か……」

手にした束は二、三十通はあるだろうか。どれも封が切られて中は確認済みだったが、事務所チェックを通ったファンレターがこんなにあるのは確かに嬉しかった。

せっかく来たのだから、と手近な椅子に腰を下ろして一通一通に目を通す。

全国から届く手紙の中には、真剣な心霊相談も少なくなかった。多くは思い込みかデマカセなので返信は事務所に任せているが、ごく稀《まれ》にシャレにならない内容のものもある。そういうのは読まなくても、紙から嫌な感じがしてすぐにわかるのだ。

そうして、最後に手にした大きめの封書がまさにその中の一通だった。

「あ、それ凝ってるんですよ」

目敏く雪村が寄ってきて、中を見るように勧めてくる。やけにかさばっていると思ったら、魔除けの呪符が紐《ひも》で括《くく》られてバサバサッと落ちてきた。しかも、全てに染みがついている。これはちょっと、と手紙を読むのも憚《はばか》られる気分だったが、雪村が期待に満ちた眼差しで見ているので渋々目を通すことにした。

「〝拝啓　櫛笥早月《さつき》様〟……」

丁寧な手描きの女文字だ。

飾り気のない白の便箋《びんせん》に好感は抱いたものの、目を引いたのは送り主の住所だった。

「……M県辰巳町……」

「そのお札、汚れてるところがリアルですよねぇ。何に使ったんでしょうね？」

「これは魔除けだよ。といっても、普通のものじゃないけど」

「え？」

「呪詛返しに使うんだ。誰かに呪いをかけられた時、その呪いを撥《は》ね返すんだよ」

「え〜、怖いじゃないですか！」

雪村は青くなって顔をしかめるが、櫛笥の方はそれどころではなかった。

祟り神となった水神の呪詛がはびこる辰巳町と、そこから送られてきた汚れた呪符。単なる偶然とは思えない、これらの意味するところは一体何なのだろう。

（しかも、僕たちの呪詛返しが始まる前、このタイミングの良さは何なんだ……）

祟り巫女と祟り神。

因縁の町から来た呪符の束。

「雪村さん、これ手紙の方も読んだんだよね。どうだった?」

「どうって……心霊相談ですよ、いつも来るような。面白かったですよ」

気になるなら自分でさっさと読んでくれ、と言わんばかりだ。櫛笥は息を吞み、しばらくためらってから先ほどの手紙に目を落とす。

そこに書かれているのは、
奇妙な符号で繫がった物語の断片だった——。

# 5

人気《ひとけ》の失せた研究室のドアを開き、凱斗《かいと》はホッと安堵《あんど》の息をつく。

珍しく、佐原《さはら》教授は自宅のマンションへ帰ったらしい。清芽《せいが》と一緒に夕食をとっていて戻りが遅くなってしまったが、お蔭《かげ》であれこれ冷やかされるのは免れたようだ。

寝起きしているソファの一角だけ照明を灯し、凱斗はやれやれと座り込んだ。壁の時計を確認すると、まだ十時にもなっていない。普段なら佐原教授の頭脳にエンジンがかかり、昼間以上に活気が出てくる頃なので余計に静寂が際立っていた。

「しかし、悠一郎《ゆういちろう》と『協会』を関連づけてみるとは盲点だったな」

先手を打たれてデータは消去されたものの、佐原の発想には感心する。確かに、あれだけの霊力を保持していれば良くも悪くも目立って当たり前だった。むしろ、そういう世界では門外漢である佐原がよく気づいたものだと思う。

ここ数日、佐原の情熱には圧倒されるものがあった。祟《たた》り巫女《みこ》や赤子の末裔《まつえい》についての推論を熱心に組み立て、ある程度の文章にまとめているのは凱斗も知っている。単なる所見だから、とまだ見せてはくれないが、今日のことを鑑《かんが》みても、その中に真実の欠片《かけら》が潜んでいる気がしてならなかった。

『私はね、二荒《ふたら》くん。御影《みかげ》神社の覚え書きに記されていた、二人の巫女の片割れもずっと引っかかっているんだ。祟り巫女に比べて、もう一人の巫女はあまりに影が薄い。仮にも、祭神である天御影命《あめのみかげのみこと》の憑代《よりしろ》になった女性だよ？　その後、どうなったんだろうねぇ』

眼鏡《めがね》の奥で目をキラキラさせ、少年のようにまくしたてる佐原が瞼《まぶた》に浮かぶ。

『前回の君は、勝算を見出して呪詛《じゅそ》返しに挑んだ――それを言い出したのは私だけど、悔しいがさっぱり見当がつかない。ただ君は否定したがるけど、清芽くんを愛していて、彼を呪詛から救いたいっていう思いからなのは間違いないと思うんだ。君はね、私に言ったんだよ。〝心に決めた人がいる。それだけで充分だ〟って』

それはもう、こっちまで照れるくらい堂々と晴れやかにね。

よほど印象深かったのか、佐原は何度も同じ話をした。そのたびに居心地の悪さを感じていたが、もしかしてあれはワザとだったのかもしれない。くり返されている内に、本当に自分の言葉だったような感覚になり、最後はほとんど抵抗を覚えなくなっていた。

「……コーヒーでも淹《い》れるか」

無意識に呟《つぶや》いてから、コーヒーが飲みたい、と遅れて欲求が湧《わ》いてくる。立ち上がり、隅に用意されたコーヒーメーカーをセットしながら（自分はいつもこうだな）と思った。

一番顕著なのが、今日清芽にキスしたことだ。

それは、凱斗の中で自然に生まれた衝動だった。記憶がない以上、下手な期待はさせるべきじゃないと殊更《ことさら》冷たく当たってきたのが、一瞬で全て覆《くつがえ》った。それほどに、強烈な感情が清芽を欲していたのだ。あれは、一体何だったのだろう。

「…………」

コーヒーがカップへ落ちる様を見ながら、凱斗は清芽に触れた唇を指先でなぞった。何故だかわからないが、胸がひどく痛む。あんたは核を奪われたんだ、と言った明良《あきら》の言葉が、ようやく実感を伴って突き刺さった。この何倍もの痛みを、清芽は味わっているんだろうか。

「そんなのはダメだ……」

彼を守りたい。

突き上げるような思いに占領され、凱斗は激しく動揺した。かつて他者に感じたことなどないはずの感情が、凄《すさ》まじい勢いで渇望を満たしていく。

誰かと話したい、と戸惑いの中で思った。

今、まったく違う自分が生まれかけている。冷静に判断してくれる意見が欲しい。

「佐原教授……」

凱斗は、思わず携帯電話を取り出した。佐原なら、第三者の立場から二人のどちらにも感情移入することなく話を聞いてくれるに違いない。かなり面白がられるだろうが、その方がこちらも気が楽だ。必要なのは意見であって、同情などではなかった。

電話をかけてみた。何度かコール音が鳴る。

なかなか出ないのは、寝ているからだろうか。そう思った時、突然電話が切れた。

ツー。ツー。ツー。

「…………」

電波の状態が悪いのか、と訝《いぶか》しみ、今夜は諦《あきら》めるかと溜《た》め息《いき》をつく。だが、耳から離そうとした瞬間、スピーカーから流れるビジートーンに小さく人の声が混じり始めた。

『嫌よ！　絶対に乗らないわ！　嫌だ！』

『私にしか視《み》えないの……』

『運転席の周りに、たくさん人がいる。うじゃうじゃ、皆おかしな形をしているの』

まずい、と咄嗟《とっさ》に電源を切ろうとしたが、どんどん声は大きくなる。女だった。知らない女の声が恐怖を訴えている。ヒステリックな涙声は、やがて虚ろな響きへ変化した。

『うじゃ……うじゃ……おかし……かたち……』

もやっと声がくぐもり、音が捻《ね》じれていく。

『わたし……しか……みえな……の……』

再び静寂が戻ってきた時、コーヒーはすっかり冷めていた。

病気で妻が亡くなって、二十年近くになる。

子どものいない夫婦だったので、それ以降の佐原は一人暮らしだった。もともと天涯孤独の身の上で、大学で知り合った妻が初めての家族でもあったので、振り出しに戻ったようなものだ。実際、それはしばらくの間、佐原の口癖になっていた。無自覚な喪失感はかなり深く、毎日毎日自分へ言い聞かせながら日々を過ごさねばならなかった。

『本に埋もれて、生き埋めになってしまうわよ』

自宅でも貪《むさぼ》るように本を読み続ける佐原へ、妻はいつも呆《あき》れた様子でそう言った。

「本に埋もれて……か。実に理想的じゃないか」

どういうわけか、今夜はやたらと過去のあれこれが脳裏を過《よぎ》る。本棚の中央に飾った写真立ての中、いつまでも年を取らない妻の笑顔を見て佐原も笑った。相変わらず研究にかまけて久しぶりに帰宅する夫を、優しく叱《しか》っているようだと思った。

「すまないな。全部片付いたら、君の好きな花を買ってくるから」

椅子の背もたれで大きく伸びをしたら、床に積み上げた書物の一部にぶつかった。次々に雪崩《なだれ》が起きて、ただでさえ少ない床の面積があっという間に狭くなる。まるで孤島にしがみつく遭難者のように、佐原はデスクから頑なに動くまいと決めた。天井の照明はつけず、淡いデスクスタンドのみで照らされる室内は、上手い具合に混沌《こんとん》を見えなくしてくれる。

そういえば、あれから凱斗はどうしただろうか。

いい加減に着替えを取りに戻ってください、と助手に叱られたので彼の帰りを待たずに出てきてしまったが、これはぜひとも顛末《てんまつ》を聞きたいところだ。

「まさか、研究室に戻らないで清芽くんのマンションへ……なんてことは……」

ないない、と思いつつ、不器用な二人を思い出したら苦笑がこみ上げた。柄にもなく、他人の恋路に興味を抱いている自分もこそばゆい。やたらと妻を思い出したのも、昼間の彼らの雰囲気に影響されたせいかもしれなかった。

「結局は、好みのタイプってだけだよねぇ」

本人たちは真剣だから、お気楽なセリフに反発するだろう。けれど、時に人の心は驚くほどシンプルだ。お互いが好みだったから、また惹《ひ》かれ合った。それだけのことではないか、と佐原は思う。その単純明快さこそが重要だ、とも。記憶の有無や同性であること、様々な問題が本質を見え難くさせているが、生と死の淵に立った時に自分が誰の手を取りたいか、そろそろ覚悟を決めていい頃だ――なんて、余計なお世話だから決して言わないが。

「ま、朴念仁《ぼくねんじん》の私に偉そうな口を利かれても、何がわかるんだって話だな」

そんな独り言を呟《つぶや》いてから、さて、と思考を本題に戻すことにした。

凱斗と清芽が『協会』本部を出ようとした時、かかってきた電話の件だ。

『もしもし佐原教授ですか。櫛笥《くしげ》です』

電話口から、些《いささ》か急《せ》いた声が聞こえてくる。櫛笥が連絡を寄越すのは珍しくはないが、何があったのか、ただならぬ緊張感が伝わってきた。

『いきなりなんですが、ちょっと聞いていただきたい話があって……』

御迷惑でなければ一通の手紙と画像をスキャンデータで送ります、と言う。すでに用意してあるのか、佐原が了承した直後にタブレット端末へ受信があった。何でも、ファンレターに紛れて届けられたらしく、奇妙な符号が気にかかるのだと話していた。

『今回の件とは、あるいは無関係かもしれません。ただ、僕一人では判断できないので、良ければ佐原教授のご意見もお聞かせください』

いいだろう、と佐原はウキウキ答えた。どんなことでも、興味深い案件なら大歓迎だ。自分なりに分析してまた連絡するよ、と言うと、櫛笥は安堵した様子で電話を切った。

「櫛笥くんは、なかなか面白い情報を提供してくれたな」

タブレットを引っ張り出すまでもなく、詳細はもう頭に入っている。

佐原が受け取った手紙のデータは、辰巳町《たつみちょう》に住む一人の女性が書いたものだった。

「〝私は、特殊清掃のアルバイトをしている者です〟」

諳《そら》んじた文面を、声に出してみる。女性ながらに特殊清掃とは驚きだが、そこは人それぞれ事情があるのだろう。問題は、彼女が東京《とうきょう》の事務所で働いていた数ヶ月前の話だ。

特殊清掃というのは、いわゆる「問題のあった部屋」の後片付けだ。ゴミ屋敷などの他、孤独死や殺人、事故、自殺等で住人が亡くなった後、再び人が住める状態にまで回復させるのが主な仕事になる。そこに、彼女はアルバイトとして採用された。

ある日、先輩と一緒に向かったのは実に凄惨《せいさん》な現場だった。

小さな映像制作会社の事務所で、四人の男女が死んでいたという。全員が身体の一部を引き千切られており、血飛沫《ちしぶき》の飛んだ室内は乾いた血がペンキの落書きのようだった。

殺人と思われるものの犯人像や動機がさっぱり摑《つか》めず、わかっているのは全員がほぼ同時に死んだということだけ。ずいぶん不気味な話だが、仕事と割り切ってマニュアル通りに清掃をやり終えた。幸い遺体は腐る前だったので、臭いや虫の駆除もなく、見かけの派手さとは裏腹に比較的楽だった、と彼女は書いている。最後に責任者に確認してもらい、一部の遺品は処分を依頼された。

その中に、気味の悪いお札の束と一枚のＤＶＤディスクがあった。

「凄《すご》いよねぇ。ホラー映画の定番じゃないか」

佐原は記憶の文章を辿《たど》りながら、感心したように呟く。

しかし、彼女は初めそうは思わなかったらしい。撮影の小道具だと思っていたからだ。回収された遺品は供養の読経《どきょう》をあげてもらった後、まとめて焼いてもらう手筈《てはず》になっている。彼女は無造作にそれらを倉庫に突っ込み、しばらくは存在も忘れていた。

数日後、おかしな噂《うわさ》が社内に出始めた。夜になると、倉庫内で奇妙な音がするというのだ。残業した社員の何人かが耳にしており、すわネズミか泥棒かと血気盛んに乗り込んだりもしたが、倉庫内には生き物の気配など皆無だったらしい。興味を抱いた彼女が「どんな音なのか」と尋ねると、異口同音に「何かが軋《きし》むような音だった」と言われた。

更に数日が過ぎた。

明日は合同供養で近所の僧侶《そうりょ》が来る、という晩のことだった。彼女は仕事が長引き、一人で事務所に残っていた。そこで、ふっと悪戯心《いたずらごころ》を起こしてしまう。後に、このことを激しく後悔する羽目になるのだが、その時はもちろん夢にも思わなかった。

「まぁ、この辺も定石かな。大体、先の展開が読める」

そんな風にうそぶく佐原だが、最初に読んだ時にはやはり盛り上がった。もともと『曰《いわ》くつきの遺品』というものに、無条件で反応してしまうのだ。櫛笥が送ってきた画像には問題の呪符が映っていたが、その染み一つ一つに禍々《まがまが》しさが漂っているのは明白だった。

しかし、当の彼女はあくまで肝試し程度の気持ちしかない。ちらりと倉庫を覗《のぞ》き、何ならぐるりと一周してみよう、くらいのノリだった。遺品の山にはいろいろな〝事情〟があり、その内のどれが問題を起こしているのか、運が良ければわかるかも、なんて思ったという。

「〝例えば、小学生の男の子の靴です。ちょっと遠方だったんですが、社長の知り合いから頼まれたとかで引き取ったものです。十何足もありましたが、持ち主の男の子が死んだ後、鬱気《うつ》味だった母親がそれらに囲まれて自殺したらしいです。自分の周りに死んだ子の靴をぐるりと配置した真ん中で、首をカッターで掻《か》き切ったと聞きました。お蔭で、子どもの靴はどれも血まみれでした〟」

凄まじい話をついでのように差し挟《はさ》む、そんな不用心さがアレを招いたのかもしれない。

倉庫といっても、雑居ビルに別の部屋を借りているだけだ。彼女は鍵《かぎ》を持って、いそいそと一階下のそちらへ向かった。急がないと最終電車に間に合わなくなる、といくぶん忙《せわ》しなく倉庫へ入る。照明をつけようと、壁のスイッチをまさぐった時だった。

誰かの手が、自分の手に触れた。

驚いて引っ込めようとしたが、摑まれて身動きが取れなくなる。冷たくてゴムのような手触りには覚えがあった。これは、死人の手だ。

本当に恐ろしい目に遭うと、人は悲鳴など出せなくなる。彼女も御多分に漏《も》れず、ただ喘《あえ》ぐように喉《のど》からひゅうひゅう息を吐き出すだけだった。幸い暗くて相手の顔は見えなかったが、一刻も早くここから出なくては、とそのことで頭がいっぱいになる。

ギギギ。ギギギ。

異様な音が、すぐ耳元で聞こえた。彼女は悟る。

手の持ち主は、自分のすぐ後ろにいる。

人間とも動物ともつかない呻《うめ》き声が、ねっとり耳たぶを湿らせた。

『あぁ……アアあぁぁ……』

『かぇしてぇ……』

返して。手の主は、そうくり返した。私の赤ちゃんを返して。

そのまま彼女は気絶してしまい、翌朝出勤した同僚に発見された。あれは何だったのかと、後からいくら考えてもわからないそうだ。おまけに数時間後、病院のベッドで目を覚ました彼女に更に恐ろしい情報がもたらされる。

櫛笥に送った呪符は、お焚《た》き上げでも燃えなかった。

ただの紙なのに、何度やり直しても燃え残ってしまうんだという。一緒に引き取ったディスクはちゃんと炭になったのに、呪符だけは燃えカスの中で焦げ一つつかない。

それで、と彼女は手紙の中で櫛笥に訴えている。

申し訳ないが、自分たちの手には余る。呪符を預かってほしい、と。

「〝その呪符、名前が浮かび上がってくるんです。でも、誰もそんな文字は見えないって。ノイローゼなんじゃないかって言うんです。何度も捨てたのに戻ってくるし、第一その文字は——私にしか視えないんです〟」

呪符に浮かび上がる名前は、池本麻理子《いけもとまりこ》。調べたところ、アングラ劇団に所属する女優だというフェイスブックが見つかった。だが、彼女はすでに死亡しているらしく、劇団仲間の追悼《ついとう》コメントが書き込まれていたらしい。

「〝でも、一番びっくりしたのは彼女の出身地でした。その人、私と同じ辰巳町の生まれだったんです。それから、偶然かもしれないんですけど……〟」

池本麻理子が死んだ場所は、隣のY県の公衆電話ボックスでした。

そこ、さっき話した靴の——子どもが死んだ場所なんです。

彼女の手紙は、最後にそう締め括《くく》られていた。

「う〜ん、何ともちぐはぐだが、奇妙な符号だなぁ」

総ざらいを終えた佐原が、やれやれと伸びをする。

すっかり祟り巫女から逸《そ》れてしまったが、これはこれで非常にそそられる案件だ。思いつくままに意見をタブレットで書き込んでみたが、まだ櫛笥には送信していない。

「いや、待てよ。無関係とは言えないかも……」

ふっと、脳裏に一人の青年が浮かんだ。

「茜《あかね》悠一郎……」

無意識に、その名前が零《こぼ》れ落ちる。

佐原教授——貴方《あなた》なら、わかるはずだ。

耳に残る声は、同志を見つけた喜びに高揚を帯びていた。

だが、それはそうだろう。誰にも解けない謎なんて、つまらないにも程がある。どこにも届かない手紙を書き続けていたって、虚しさが降り積もっていくだけだ。

「私にはわかる……」

何かが掴めそうな気がした。彼と自分の共通点。僕も、面白いことが大好きです。

口の中でくり返しながら、目の前のパソコン画面を見つめた。電源が入っていないので、そこには自分の顔がボンヤリと映り込んでいる。髪がボサボサだった。そろそろ床屋へ行かないと、また助手から説教をされそうだ。だが、目の前の謎を解くまでは……。

髪がボサボサ？

ふと、おかしなことに気がついた。

いやいや、そんなはずはない。昼間は『協会』本部へ出かけたので、さすがに最低限の身だしなみは整えた。何より、出がけにちゃんと鏡を見たのだ。あの時は普通だったのに、どうして頭のシルエットがこんなに膨《ふく》らんで見えるんだ。

佐原の心臓が、嫌な感じに脈打った。乱暴に傍《かたわ》らのスタンドを引き寄せ、異変を確認しようと画面に近づいてみる。だが、膨らんだシルエットは動かなかった。

「………」

後ろに、誰かいる。

そいつと自分が重なって、頭が大きく見えたのだとわかった。

「……エし……えぇぇ」

ボソボソと、背後で声がした。小さく甲高い、引っ掻くような声だ。人間の出せる音とは、とても思えなかった。全身に冷汗が浮かび、こめかみを伝って顎《あご》から滴る。

「かぇ……シ……」

「…………」

「あぁあ……しの……あか……あかぁ……」

何だろう。何を言っているんだろう。画面のシルエットが、ずるりと動いた。そいつの顔半分が、正面にゆっくりと映し出される。目だ。剝《む》きだした眼球が、こちらを見ていた。パソコンの画面の向こうから、じっと瞬きもせずに見つめている。

ギギギギ。ギギギギ。

どこからか、不快な音がする。後ろだろうか。隣だろうか。

「かえせ」

不意に、はっきりと声がした。

佐原は弾かれたように飛び退き、衝撃でスタンドが床に落ちる。派手な音をたててシェードが割れ、張り詰めていた空気が一新された。

「え……」

荒々しい息遣いが自分のものだと知り、グイと額の汗を拭《ぬぐ》う。背後に人影などなく、誰かがいた痕跡《こんせき》すらなかった。しかし再びパソコンを覗く気にはなれず、よろよろと机から後ずさる。反射的に棚の時計へ視線をやると、もうすぐ十時になるところだった。

「なんだ……まだ、そんな時間か……」

何となくホッとして、深く息を吐き出した。夜型の彼にとっては、まだまだ宵《よい》の時間だ。そう思ったら、大袈裟《おおげさ》に怯《おび》えた自分をようやく笑う余裕が出てきた。そうだ、怖がっている暇があったら今の事象を分析して凱斗へ教えてやらなくては。努めて意識をそちらへ持っていき、味わった恐怖に捕らわれないようにする。落ち着こう、落ち着くんだ。

「えっと、アレはどこやったかな……」

整理整頓が苦手なので、帰るなり荷物をそこらじゅうへぶちまけてしまった。あの中に、愛用のタブレットがあるはずだ。しまったなぁ、と舌打ちして、床に転がるスタンドを頼りに散らばる資料や脱ぎ散らかした服の山をかき分ける。割れたシェードの後片付けは、面倒だからまた今度にしておこう。

『本に埋もれて』

妻の声が、聞こえた気がした。

『生き埋めに……なって……しまァうわよォ』

本物の彼女とは、似ても似つかない歪《ゆが》んだ声が。

――ピンポン

「あ、はあい」

上着の下からタブレットを引っ張り出したところで、玄関のチャイムが鳴った。ワンテンポ遅れて、インターフォンの画面がオンになる。古いマンションでエントランスはオートロックではないのだが、その代わり各部屋にインターフォンが設置されていた。もっとも、佐原の場合は宅配か郵便配達くらいしか用はなかったが。

――ピンポンピンポンポンピンピンポン

「はいはいはいはい」

急かすようなチャイムの連打に、佐原は慌てて玄関へ急いだ。最近の荷物は送り先を研究室にしているんだが、と思いつつ、何の気なしに壁のモニターを視界に入れる。

そこに、見知らぬ女がいた。

祟り巫女のように、一目で異形とわかる姿ではない。だが、明らかに生きてはいなかった。どうしてそれがわかったかというと、首がありえない方向に曲がっていたからだ。

ギギギ。ギギギ。

小さな四角いモニターを通して、嫌な音が聞こえてきた。関節の軋む音。古びた骨を擦《こす》るような音。禍々しくて耳障りなそれらが、スピーカーから溢《あふ》れ出てくる。

「どういうことだ……」

混乱の中で、佐原は呻《うめ》いた。

どうして、女の霊が二人になっているんだ。あれは、一体誰なんだ。全然、意味がわからない。息が上がった。呼吸が速くなるのがわかる。

玄関の前に立ち尽くし、ドアとモニターを交互に見つめた。

あの女と目が合う。見つかった。見つかってしまった。口元が割れて、女が笑う。

「ああ……そうか……」

唐突に、全ての事象が脳内で繋《つな》がった。

櫛笥からの電話。辰巳町で生まれ、清芽たちの町で死んだ女。祟り巫女。赤子の末裔。

「そういうことだったのか……」

貴方なら、わかるはず——面白いことが好きな貴方なら。

頭の奥で悠一郎が囁《ささや》いた。いや、自分の声だったかもしれない。

「二荒くん……！」

ハッと我に返り、佐原は踵《きびす》を返しかけた。興奮が恐怖を凌駕《りょうが》し、早く凱斗に知らせなくてはと心が逸る。リビングに放り出したタブレットから、何秒で電話が繋がるだろう。

ガチャリ、と内鍵が回った。

え、と振り返った先で、ゆっくりとドアが開き始める。

「かエして……」

モニターから、さっきと同じ声が流れてきた。白黒の画像が乱れ、女が入ってくる様子が映し出される。佐原の目の前で、同じ光景が繰り広げられた。女がやってくる。

「かァ……してぇ……」

隙間《すきま》から、汚れた靴の爪先が見えた。

ギギギ。ギギギ。

知らない女が入ってくる。

『間に合わなくなりますから』

嘲笑《あざわら》う誰かの言葉を最後に、佐原の意識が闇に呑《の》まれた。

巫女の力を奪うには——正座する尊《たける》の唇から、別人のように平坦な声が漏《も》れる。

客間の和室に集まった面々は、揃《そろ》って神妙な表情で彼を見守った。閉めきった障子に映るのは廊下にいる明良の影で、彼だけは「月夜野《つきよの》の意見なんか、どうでもいい」と言って欠片も興味を示さなかったのだ。側に控えているのは祟り巫女がいつ来襲するとも知れないからで、清芽が巻き添えにならないよう見張るためらしい。

「〝憎悪と恐怖の供給を絶つ〟」

少し幼さの残る唇の動きから、彼に憑依《ひょうい》した月夜野の言葉が低く漏れた。

「〝赤子と巫女を切り離す〟」

「……やっぱり、それが鍵になるのか」

悠一郎の不気味な微笑を思い浮かべ、清芽は眉間《みけん》に皺《しわ》を寄せる。

『協会』本部で彼に出くわした話は帰ってすぐにしたが、当然ながら全員が言葉を失っていた。大胆不敵というよりは、もうその場の思い付きで行動しているとしか思えない――唖然《あぜん》とする煉《れん》の呟きに、しかし清芽は（本当にそうなんじゃないか）と考え始めている。いや、いっそその方が全てに納得がいくのだ。周到に計算された復讐劇、なんて鼻で笑うような、悪意そのものの悠一郎という人間が存在する、そういうことなのではないだろうか。

「でもさぁ、具体的にはどうすればいいんだよ。相手は生身の人間で、まさか呪をかけるわけにはいかないだろ。たとえ生死に関わるものじゃなくても、そんなこと『協会』にばれたら除名されちゃうし。あっという間に、業界に悪評が回っちまう」

「もちろん、そんなのはダメだって。もっと……」

「じゃあ、俺がやる」

煉と清芽の会話を聞いて、障子の向こうから明良が口を挟んできた。

「俺は『協会』とは無関係だし、この先も霊能力者でございって看板掲げて商売する気はさらさらない。どこに悪評がたとうが、どうでもいい」

「明良、物騒なことを言うなよ。前にも言ったけど、おまえが言うとシャレにならない」

「だって本気だし？　あっちが死ななきゃ、こっちがヤバいんだ。呪殺されるくらい、当然の報いなんじゃないの。実際、そいつは何人も手にかけてると思うんだけど」

「あのなぁ」

人の話を聞け、と溜め息をつき、清芽はきっぱりと言い返す。

「俺がダメだと言ったら、絶対にダメだ」

「そんな綺麗事《きれいごと》を言ってる場合かよ」

「綺麗事じゃない。俺が、嫌なんだ。呪殺なんかしたら、二度とおまえとは口を利かない」

「……ガキかよ」

明良はむっと呆れ声を出したが、数秒の後「……わかったよ」と渋々引き下がった。ふて腐れたように障子へ寄りかかる影に向かい、清芽は「約束だからな」と念を押す。二人のやり取りを見ていた櫛笥が、緩みかけた表情を引き締めて呟いた。

「僕も清芽くんと同意見だ。大体、『呪殺』なんて気軽に口にしちゃいけないよ。月夜野だって〝切り離す〟と表現しているだろう？　呪力の供給を絶つために、悠一郎と祟り巫女の霊的な繋がりを切れ、という意味だよね。決して〝殺せ〟とは言っていない。いや、やれと言われても無理だよ。何より、下手に術師を刺激すると何が起きるかわからない」

「それ、本人が言ってました」

「え……？」

僕がいるから、彼女はおとなしい。

悠一郎が去り際に残した一言を清芽が告げると、たちまち煉が気色《けしき》ばんだ。

「気に入らねぇな。わざわざ顔出ししたのも、それが言いたいだけだったのかよ」

「煉くん……」

「でも、確かにあの怨霊《おんりょう》を制御できるって凄いことだよ。血の為《な》せる業にしても、下手をすれば自分自身が餌《えさ》になる。『協会』は低く評価していたって話だけど、本当は自信に見合う、それなりの力の持ち主だと考えた方がいい」

櫛笥が神妙な顔で感想を漏らすと、小さな笑い声がした。明良だ。

「面白いな」

続けて、彼は独り言のように呟いた。そういえば悠一郎も同じことを言っていた、と清芽は不穏な気持ちに襲われる。そもそも、何が〝面白い〟のだろう。並外れた才に長《た》けた連中は、どうして揃《そろ》いも揃ってこうも癖が強いのか、と溜め息が出た。

「尊……？」

突然、煉が緊迫した声を出した。

振り返ると、瞑想《めいそう》状態にある尊の上半身がゆっくり前後に揺れ始めている。月夜野の霊は、新たに何かを伝えたいようだ。再び緊張が降りてきて、シンと場が静まり返った。

「ぎゃく……」

膜を張ったような瞳で、尊がぱっくり口を開く。

「〝ぎゃ……くうち……〟」

ぎゃくうち。そう聞こえた。

「〝にえ……ぎゃく……ち……〟」

「にえ……？」

「〝贄《にえ》を〟」

鮮明な一言を絞り出した途端、糸が切れるように畳へ突っ伏した。すかさず煉が前へ飛び出し、白装束の細い身体を抱き起こす。意識はあるようだが消耗が激しいらしく、尊は目を閉じたまま浅い呼吸をくり返していた。

「尊……」

ギュッと抱える腕に力を込め、煉が唇を嚙《か》む。

けれど、彼は「もうやめる」とは言わなかった。二人で話し合って決めたことなのだ、とその目は言っている。不安を堪《こら》え、己の務めを果たそうとする姿に清芽は胸を詰まらせた。

一刻も早く、彼らを解放してあげたい。

改めて、そんな思いが強くなる。

「櫛笥さん、逆打ちって？」

「ああ、清芽くんは聞いたことなかった？」

「俺が知っているのは、お遍路の順路を逆に回るやつです。確か、閏年《うるうどし》に行うとご利益が三倍になるんでしたっけ。でも、それと呪詛返しがどういう……」

「ところが、この場合の逆打ちは全然別ものなんだ」

意外な返答に、「え？」と声が出た。

どうやら、ピンと来ていないのは自分だけのようだ。

「除霊で、よく退魔の陣を使うだろう？　あれを全部、鏡に映したように逆に描いて特定の悪霊を惹《ひ》きつける、言うなれば呪の一種なんだよ。西洋の黒魔術が悪魔の召喚《しょうかん》とかやっているけど、あんな感じかな。降霊術の陣と違うのは、悪霊にしか作用しないってところ」

「それって、つまり……悪いモノしか寄ってこない陣ってことですか？」

「そうなるね。だから、相当の覚悟をしないと危険なんだ。術師とは別に陣の中へ入る者が必要で、むしろそっちの方が危ない。贄として、憑り殺される可能性もあるからね。だけど、悪霊を惹き寄せるためにいるわけだから、もちろん誰でもいいってわけにはいかない」

「…………」

丁寧な説明のお蔭で、大体は呑み込めた。

つまり、逆打ちの陣に入る人間は慎重に選ばなくてはならない、というわけだ。

「それなら、俺が贄になります。〝加護〟があれば、まず憑り殺される心配はないし」

「え？」

「何、言ってんだよ、センセエ。俺か明良さん、てのが常套《じょうとう》だろ」

予想通り、間髪を容《い》れずに否定される。しかし、清芽もここは引き下がれなかった。前回の失敗で学んだ内の一つに、呪詛をかけられた本人でなくては呪詛返しが成立しない、ということがある。ならば、自分が一番危険な場に身を置くのは必然だ。

「いや、清芽くんの言うことは一理あるけど……」

「センセエがやられたら、元も子もねぇじゃん！」

櫛笥と煉は、頑なに反対した。〝加護〟が使いこなせない以上、彼らが難色を示すのは当たり前だろう。おまけに、清芽の中にはもう一つの不安材料がある。まだ明良にしか話していないが〝加護〟の発動が百パーセントではない、という事実だ。

（いや、たまたまかもしれないし、因果関係はまったくわからないんだけど）

それでも、清芽は翻意《ほんい》する気はなかった。

「櫛笥さんも煉くんも聞いて。俺たちの目的は、祟り巫女の調伏《ちょうぶく》だろう？　せっかく逆打ちの陣を描いても、彼女をおびき寄せられなかったら意味がないじゃないか。でも、呪詛をかけられた俺がいれば確実に……」

「ふざけんなよ」

苛立《いらだ》ちを含んだ声が、障子の向こうから飛んできた。

「戯言《たわごと》はやめてくれ。兄さんに、かすり傷一つもつけたくない」

「そう言うけど、今度呪詛返しに失敗したら、かすり傷どころじゃ済まないんだぞ」

「だったら、俺も一緒に陣へ入る。それならいい」

「生憎《あいにく》だけど、逆打ちの贄は一人だけだよ、明良くん」

平行線な言い争いに、櫛笥が苦い顔で割って入る。立場上、冷静な判断を下すべきだが、やはり清芽を贄にするのは抵抗があるようだ。

「——わかった」

ただでさえ時間がないのに、このままでは埒《らち》が明きそうもない。

清芽は意を決して、障子越しの影へ向き直った。

「明良、二人だけで話をしよう」

その瞬間、明良が息を詰める。いきなり何を言い出すんだと、困惑が伝わってきた。だが、清芽の心は『協会』から帰ってくる間に決まっている。やはり、どうしても凱斗への想いを捨て去るのは無理だと再確認したのだ。明良と比べてどちらかを取るなどできないが、正直な気持ちをぶつけてみるのが突破口になるのではないか、と一縷《いちる》の望みを抱いていた。

（ずるいと罵《ののし》られるかもしれないけど……でも……）

凱斗が好きだということは、明良はいらないということとイコールにはならない。

それを、どうにかしてわかってもらいたかった。

「聞いているか？　呪詛返しの前に、おまえとは話し合わなきゃならないと思っていたんだ。櫛笥さん、煉くん、ちょっと席を外していいですか？」

「え……あ、ああ、もちろん」

「それと、もし明良が納得したら……陣の贄は俺でいいですね？」

「清芽くん……」

　柔らかな圧を感じる眼差しは、それまでの清芽が持たなかったものだ。意表を衝《つ》かれたように櫛笥たちは口をつぐみ、しばし返答をためらった。『協会』へ出向いていた半日の間に一体何が――彼らの目がそう言っている。緩やかな変化は目力や声音の端々に宿り、薄皮を剝ぐように清芽へ新しい顔をもたらしていた。

「……仕方ないね。明良くんが了解するなら、僕たちもそれに倣《なら》うよ」

「良かった。じゃあ、失礼します」

　にこりと微笑《ほほえ》み、立ち上がった清芽は障子を思い切り開く。

　タン！　と小気味よい音が室内へ響き渡り、重苦しい空気が一掃された。清浄な気にゆっくりと尊が目を開き、息を吹き返すように大きく胸を上下させる。煉がホッと笑みを浮かべ、尊と一緒に清芽の背中を目線で追いかけた。

「明良、行こうか」

　険しい瞳で睨《にら》み上げる弟へ、落ち着いて声をかける。

「俺の答えを、待っているんだろう？」

　昨日の件で水を向けると、すぐに明良の表情が変わった。彼は無言で腰を上げ、先にたって自室へ向かおうとする。その肩を摑んで引き留め、清芽は言った。

「大事な話だから、本殿へ行こう」

「本殿？　父さんがいるんじゃないの」

「頼んで、少しだけ席を外してもらう。他にも、おまえに聞いて欲しいことがあるんだ」

「…………」

　敏い明良も、さすがにこの申し出の真意は摑めなかったようだ。微《かす》かな警戒の色が浮かんだが、すぐに心を決めて頷《うなず》いた。


　転がったスタンドライトが闇を照らす中、凱斗は呆然《ぼうぜん》と立ち尽くしていた。

　退魔という商売柄、悲惨な死には数えきれないほど遭遇している。この世に強い未練を残して留まる霊のほとんどは、非業の死を遂げた者たちだからだ。

　だが、それでも自分が目にした光景は容易に信じられなかった。

「佐原教授……」

電話口の異変に胸騒ぎを覚え、タクシーを飛ばしてマンションへ駆けつけた凱斗だったが、待っていたのは佐原の死という残酷な事実だった。

「嘘……だろ……」

恐らく、玄関から引きずられたのだろう。衣類は乱れ、廊下の壁には傷が残っている。

──抵抗したのだ。

佐原は『何か』に凄まじい力で引きずられ、それでも精一杯抗《あらが》ってみせた。壁に爪痕が食い込むほど、その指先が血に染まるほど、最後の最後まで生きようとした。

怒りと虚脱の狭間で、凱斗は呻いた。

「すみません……俺が……」

俺が……その先を、どう続ければいいのか。

もっと早く気づいていれば？　別行動など取らずに部屋までついていっていれば？　バカバカしい。そんなのは単なる言い訳だ。祟り巫女の穢《けが》れが伝染していたにせよ、真っ先に危険なのは当事者の清芽だという、その思い込みが佐原を死なせたのだ。

佐原の遺体は、シェードの破片の上に放り出されてあった。むきだしの腕や首に、血の滲《にじ》んだ切り傷ができている。それだけでも痛ましいが、何よりゾッとした点は他にあった。

彼の口に、破り取られた紙が無造作に詰め込まれている。

近くにページをむしり取られた本があったので、恐らくはそれだろう。何枚何十枚と突っ込まれ、きっと気管まで塞《ふさ》がったに違いない。僅《わず》かな吐しゃ物と吐き出された紙屑《くず》、それらを上回る紙の束が佐原を死に至らしめたのだ。

『本に埋もれてしまったな』

微かな囁きが聞こえた。

ハッとして顔を上げた先に、佐原が立っていた。輪郭こそぼやけているが、生前のままの姿に凱斗は深く安堵する。同時にひどく胸が苦しくなって、「どうして……」と瞳が歪んだ。

きっと、心残りがたくさんあったはずだ。己の仕事を愛し、誰より精力的だった。まだまだ学問の道を究めたかったろう。何より、こんな死に方をする人ではなかった。

「佐原教授……？」

空気の揺れる気配がする。何かを伝えたいようだ。

おずおずと視線で追っていくと、佐原の指差す方向にノート大のタブレットがあった。

「これは……」

拾い上げて振り返ったが、もう誰もいなかった。

「この間の返事をする前に、おまえに話しておこうと思うんだ。明良は父さんの跡を継いで御影神社の次期神主となり、この社を守っていく人間だから」

真木《まなき》に事情をかいつまんで説明し、本殿で二人きりになるのを待って清芽が切り出した。さすがに神聖な場所で不真面目な態度を取るわけにもいかず、明良は神妙に居住まいを正す。幼い頃から兄弟揃って真木に厳しく躾《しつ》けられたので、ご神体の前で見苦しい真似はできないと彼も弁《わきま》えているようだった。

「実は、明良に話しそびれていたんだけど……見たんだ」

「見たって何を？　幽霊の類《たぐい》なら、凱斗から霊力を借りている間はそりゃ視えるさ」

「そうじゃないよ。御神体から溢れる光だよ」

「光？」

思った通り、変な宗教にでも入ったのか、と言わんばかりの目つきをされる。当事者の清芽でさえ胡散《うさん》臭い気持ちになるのだから、その反応も仕方ないだろう。

だが、御神体の破邪《はじゃ》の剣は代々の宮司《ぐうじ》しか目にすることが叶《かな》わない。祭壇に祀《まつ》られた箱の中に納められているという話だが、その真偽すら清芽には確かめられないのだ。その点、禰宜《ねぎ》として真木の手伝いをしている明良の方が詳しいに違いない。

「よくわからないな。兄さんが瞑想部屋から出たら、御神体が光っていたってこと？」

「厳密に言えば、箱の蓋《ふた》が僅かに開いてそこから……」

「それ、幻覚じゃないって言い切れる？」

「う……」

言うに事欠いて、幻覚はひどいと思った。目に見えないモノを視たり、聞こえない音を聞いたりする霊能力者のくせに、あるまじき発言ではないか。

「違う違う。兄さん、瞑想の直後だったんだろ。程度にもよるけど、軽いトリップ状態になってる可能性があるんだよ。瞑想ってのは、自分を見つめ直して深層心理に入り込む行為だ。人の意識なんて潜れば潜るほど果てがなくなるし、そのうち『個』なんて概念は消えてしまう。現世とは違う回路が開いている状態だから、現実とは違うものを見ても不思議じゃないんだ」

「でも、あれは現実の光だったよ。それに、俺はまだ『個』を消すまでは……」

「そう？　父さんは、瞑想の効果が顔に出てるって言ってたよ」

そんな風に言われると満更でもないが、とにかく今は御神体の話だ。しかし、明良にもこれといって思い当たるフシがあるわけではなさそうだった。

「俺じゃなくて、父さんに話せばいいのに。当代の宮司なんだからさ」

「いや……でも……」

「ははぁ」

察し良く明良は頷き、「〝加護〟か」と図星を指す。

「自分に光が見えたのは、御神体と〝加護〟に関係があるんじゃないかって思ったんだろ。それなら、迂闊《うかつ》に父さんには言えないよね。下手したら凄く罰当たりな話だし」

「わかってるなら、いちいち解説するなよ。嫌味な奴だな」

「でも、それは俺も考えたよ。神格に近いって尊が言ってたくらいだし、兄さんの魂に呪詛がかけられたのは御影神社建立《こんりゅう》のイザコザが原因だ。言わば兄さんは被害者なんだから、神様が手を貸してくれたっていいんじゃないかって。だったら、兄さんの〝加護〟がうちの祭神だとしても不遜《ふそん》だとは思わないな」

「明良……」

それこそ、罰当たりの極みな物言いだ。しかし、明良にとって〝加護〟の存在はさほど重要ではなく、むしろ消えた方が自分の存在を強く清芽へアピールできると思っている。そのせいか、正体についてもあまり関心はないらしい。

「だけど、やっぱり腑《ふ》に落ちないんだ」

もしかしたら、自分たちの会話も御神体に届いてはいまいか。

そんな考えがふと脳裏を掠《かす》め、清芽は改めて背筋を伸ばした。

「俺は何の修行もしていない、徳も積んでいない普通の男だ。神様が憑《つ》いているなんて畏れ多いというか、ピンとこないっていうか……。それに、今までずっと〝加護〟を使いこなしたいと思ってきたけど、相手が神様じゃ無謀すぎるんじゃないかって」

「でも、少なくとも因果のない相手じゃない。それだけは俺も断言するよ」

「因果……か……」

結局、何もわからないままか——何かヒントを摑めるかと期待した分、清芽は肩を落とす。けれど、落ち込んでいる暇はなかった。再び気を取り直して顔を上げ、小さな深呼吸をくり返す。空気の変化を敏感に感じ取り、明良の瞳にも真剣な色が浮かんだ。

「——明良」

「うん」

「ここからは本題だ。おまえの言ったこと、ちゃんと考えたよ。おまえが俺に望んでいるものや、捨ててほしいと思っているもの。そういうの、本当は前からわかっていた気がする。でも、俺はあえて考えないようにしてきたんだ。だって、おまえは弟だから」

「………」

その眼差しに、ゆっくりと翳《かげ》が差した。

清芽は慌てて口を開き、「そうじゃなくて」と先を続ける。

「弟だから何があっても離れていかないと、俺の方こそ思っていたんだ。きっと、土壇場では明良が側にいてくれる——そんな風に信じていた。ごめん、俺こそ傲慢《ごうまん》の塊だよな」

「兄さん……」

気まずい沈黙が、数秒の間二人を包んだ。

まず、どんな言葉から始めようか。そんな風に思いながら、清芽は明良の目を見つめ返そうとする。だが、次の瞬間に気がついた。無意識に、その視線を避けようとしている自分に。

正直な気持ちを話すだけなのに、後ろめたさを感じている事実に。

「俺は……」

気後れしている場合か、と己を叱咤《しった》する。

ここで決着をつけなくては、いつまでも明良を苦しめることになる。頭ではわかっているのに、唇が強張って上手く動かせない。それは、本能的な恐怖があるからだ。

ここで明良を選ばなかったら、永遠に彼を失うかもしれない。

俺のことがいらないのかと、泣きながら迫られた時の思いが蘇《よみがえ》る。「どっちも大事な存在だ」なんておためごかしは、もう明良に通用しないのだ。白か黒、百かゼロ、彼が求めている答えはそれだけで、しかも――自分が黒でありゼロであると、とっくに知っている。

「俺……は……」

いいのか、本当に。

頭のどこかで、警告の声がする。

人間でいさせてくれと、縋《すが》りついてきた弟の手を摑まなくていいのかと。

「…………」

何か言わなくては。気持ちが空回り、焦りが募った。

早く早く。迷ってはダメだ。明良が怪訝《けげん》な顔でこちらを見ている。

「兄さん、待って。誰か来る」

瞬時に空気が変わり、拝殿からドタドタと荒々しい足音が近づいてきた。

明良と二人、何事かと視線を向けた直後、血相を変えた櫛笥がやってくる。

彼は蒼白《そうはく》な顔色で、喘《あえ》ぐように言葉を絞り出した。

「佐原教授が亡くなった――！」

「え……？」

今、何て言ったんだ？

佐原教授が死んだ？　今日の昼間に会ったばかりなのに？

「たった今、二荒くんから連絡があった。彼が第一発見者で、これから警察に行くって。いろいろ発見時の話を聞かれるそうだけど、佐原教授の遺体は病院で……清芽くんっ？」

途中で、ぐらりと視界が揺れた。

正座していた清芽はバランスを崩し、思わず床に両手をつく。呼吸が乱れ、心臓がうるさいほどバクバクと音をたてた。狼狽《ろうばい》する櫛笥の声が、遠く近くひび割れる。

佐原教授が死んだ。

受け入れ難い事実が、脳内で暴れ回る。

一体なぜ、どうして――そればかりがぐるぐる渦巻いた。数時間前まで、彼は死から誰よりも遠い位置にいた。陽気でテンションが高く、清芽に己の信条を語ってくれたのだ。

自分の役目を理解し、それを全うする。そう言って笑っていたのに。

「兄さん？　兄さん、大丈夫か？」

我を失い狼狽する清芽に、明良が手を差し伸べてくる。

だが、その腕に縋ろうとした刹那《せつな》、信じられないことが起きた。

「明良くんッ！」

櫛笥の叫びが、本殿に響き渡る。

清芽に触れる寸前で、明良が跳ね飛ばされたのだ。彼の身体は床に叩《たた》きつけられ、その周囲にバチバチと白い閃光《せんこう》が煌《きら》めいた。一体何が起きたのか、と清芽は自分の手を見下ろすが、異変はどこにも見当たらない。

ただし、この感覚には覚えがあった。

「〝加護〟……」

「え……」

思わず漏らした呟きに、櫛笥が目を見開いて絶句する。だが、疑いようがなかった。

明良が触れることを、〝加護〟が拒否したのだ。

「そ……んな……どうして……」

ありえない事態に、両手が震えた。

使いこなしたい、と願う力が、よりにもよって弟を拒むなんてあっていいはずがない。確かに〝加護〟の発動は不安定だったが、こんな暴走を生む理由がわからない。

「明良くん、怪我《けが》は……」

呆然自失となる清芽の代わりに、櫛笥が気丈に振る舞った。しかし、彼の言葉は届いていないようだ。明良は無言で起き上がるなり、表情を失くしたまま清芽を見つめた。

悲しみも怒りも、何もなかった。

ただ、寂寥《せきりょう》とした絶望だけが彼を覆い尽くしている。

「センセエッ！　櫛笥！　さっきの話マジかよ！」

「佐原教授に、何があったんですか！」

バタバタと煉と尊が乱入し、たちまち場が混乱した。尊は目に涙を浮かべ、煉も激しく動揺している。櫛笥が咄嗟に明良を庇《かば》って二人の視界から遮《さえぎ》ろうとしたが、彼はやんわりそれを押し退けると力なく立ち上がった。

「明良くん……？」

静かに歩き出す背中を、不安げに櫛笥は見送る。

だが、やはり放っておけないとばかりに、自分も後を追って本殿を出て行った。

「おい、櫛笥までどこ行くんだよ！」

驚いた煉が、櫛笥を引き戻そうと慌ててついていく。彼にしてみれば、この非常事態を皆で話し合わねば、という思いがあるのだろう。残された清芽は依然として頭の整理がつかないまま、ボンヤリと座り込んでいた。

「え……と……」

ただならぬ空気に、尊が強い困惑を浮かべている。だが、おずおずと清芽を窺《うかが》おうとした瞬間、突然その表情が変わった。彼は厳しい顔つきで瞳を細め、毅然《きぜん》とした声を出す。

「そこで何をしているんですか」

視線は、清芽の背後を見据えていた。煉の言っていた「黒い影」のことが頭を掠め、清芽はのろのろと顔を上げる。この上、他の霊まで寄ってきたのでは処理しきれない。

「尊くん？」

「……あ」

短く声を漏らし、尊はぺたんと座り込んだ。もう、いつもの彼に戻っている。正直それどころではなかったが、後ろに何が視えたのか訊《き》くべきだろうか。青白い顔で戦慄《おのの》く彼へ手を差し伸べると、ギュッと赤子のようにしがみついてきた。

「尊くん、大丈夫？　具合が悪いなら……」

「……が、いました」

「うん？」

「清芽さんの後ろに、明良さんがいました。……もう消えたけれど」

「…………」

一瞬遅れて言葉の意味に気づき、清芽は思わず絶句する。

まさか、そんな——そう思う反面、それなら〝加護〟の不安定さも説明がつく。

明良という絶対的な味方が、妄執《もうしゅう》に捕らわれてもう一人の明良を生み出した。それが清芽に害を為す存在か否か、極めて微妙な位置にあったのだろう。それは、明良の本体が正邪の感情の狭間で揺らいでいたからに他ならない。

けれど、たった今〝加護〟は彼を弾いた。

本体が、絶望に呑み込まれかけているからだ。

「決めた……」

ほとんど無意識に、清芽は唇を動かした。

え、と尊は問い返そうとしたが、気圧《けお》されたように黙ってしまう。

佐原の訃報《ふほう》で伝えそびれた返事の代わりに、一つの決意が深く胸に根を下ろしていた。


翌日の午後遅く、沈鬱な面持ちの面々の前へ凱斗が現れた。

警察での事情聴取を終えた足で真っ直ぐ御影神社に来た彼は、開口一番「呪詛返しを一緒にやらせてくれ」と申し出る。佐原の死で心境に変化があったのか、多くは語ろうとしなかったが、反対する者は誰もいなかった。皆、それぞれに佐原の死を受け止めきれずにいたので、むしろ凱斗が戻ってくれて嬉《うれ》しかったのだ。明良の反応だけが心配だったが、彼は本殿での一件後は自室に籠《こ》もったまま姿を現そうとしなかった。

「月夜野が入院している病院から、連絡が来たんだ」

思い詰めた表情で、清芽が切り出した。月夜野の身元保証人である分家の人間に、容態が急変したら連絡をくれるように頼んでおいたのだが、今朝方から急速に心臓の動きが弱り出したのだという。このままだと一両日がヤマらしい。

「月夜野も、寿命を削って生霊を飛ばしているんだ。あいつも必死なんだよ。もし今の状態で死んだら、祟り巫女に魂縛されたまま永久に黄泉《よみ》を彷徨《さまよ》うことになる」

「でも、結局は直系の血が絶えちゃったね……」

尊がシュンと項垂《うなだ》れると、煉は続けて無慈悲に言い放った。

「しょうがねぇよ。あいつは、やり方を間違った。代替わりの呪詛で自分が巫女を倒す呪具となったんなら、その力を信じれば良かったんだ。それなのに、変な欲を出して悪霊を作り出そうとするから台無しになるんだよ。自業自得だろ」

「確かに、力を信じるのは大事なことだよ」

櫛笥が良い部分だけを掬《すく》い取り、自身へ言い聞かせるように頷く。

「大丈夫。次は必ず成功させる。そうでないと、佐原教授が浮かばれない」

「でも、時間がないです。月夜野が死んでしまったら、僕たちには呪具がない。そりゃあ、もともと空手ではあったけど、せっかくの武器なんだから使った方が断然勝率も上がります」

「じゃあ、明日だな！　センセエ、明日にしようぜ！」

煉の提案に、反対する者はいなかった。月夜野の命が尽きる前に行動し、今度こそ祟り巫女を完全調伏する。そのための時間は、もう充分に費やした。

「問題は、悠一郎と祟り巫女の縁を絶つことと……」

言い難そうに口ごもり、煉はちらりと清芽を見る。

「うん。明良には、俺が話してみるよ」

彼の言わんとすることを汲《く》み取り、清芽はおもむろに立ち上がった。

凱斗の視線が複雑な色を帯びたが、何となく事情を察したのか黙っている。不安げな一同をぐるりと見渡し、清芽は「大丈夫」と笑顔で請け合ってみせた。


「――明良」

廊下から何度か声をかけたが、さっぱり返事がない。けれど、中にいるのはわかっていた。

昨晩のショックを思えば、どこかへ出かけようなんて元気があるはずもない。

どうしたものかな、としばし考え、清芽は実力行使でいくことにした。

「明日、呪詛返しが決まったよ」

思い切って障子を開け、部屋へ入るなり言い放つ。

だが、案の定、明良はまったく興味を示さなかった。壁に凭《もた》れたまま暗い目をして、清芽に横顔を向けている。優等生で外面が良い反動か、今までも自分の前では子どもっぽい振る舞いを見せてきたが、それでもこんな無防備な明良は初めてだった。

「気味悪くないの」

「え？」

「俺のこと、気味悪くないのかって」

「明良……」

「……俺は、自分が怖いよ……」

表情を見るのが怖いのか、頑なにこちらを振り向かない。本当は答えを聞くのも、勇気が必要なのだろう。〝加護〟に弾かれた瞬間、彼も真実を悟ったのだ。

だが、そこまで追い込んだのが自分だと思うと、清芽は罪悪感でいっぱいになった。

「笑っちゃうよな。凱斗のこと、ストーカー呼ばわりしといて」

「…………」

「まさか、兄さんの足を俺が引っ張るとは思わなかったよ。〝加護〟にまでダメ出しされるなんてさ。これからどうやって生きて……」

唇が震え、それ以上の言葉が出てこなくなる。

幼い頃から文武両道、容姿にも恵まれ、最強の霊能力者と呼ばれる力を持ち、およそ弱点などないように思える自慢の弟。その彼が、どうしてこれほどまで自分へ執着するのか。単に危なっかしい兄を放っておけないだけかと思おうとしてきたが、そんな苦しい言い訳では清芽ももう自分をごまかせなかった。生霊となるほど激しい想いが、何年も明良の中で焔《ほのお》を燃やしている。それを知った以上、よそ見が許されるわけもない。

凱斗のことは好きだ。雨の中の口づけで、その想いは一層強くなった。けれど、心で想うだけなら離れていてもできる。彼の記憶が奪われたのは、もしかしたら関係をリセットするためだったのかもしれない。いや、無理にでもそう思わなくては。清芽さえ決心すれば、こんなにも明良を苦しめないで済むのだ。

「明良、俺は〝加護〟を使いこなすよ」

幾度となく口にしてきた言葉だが、今度の誓いは一つの確信を秘めていた。

何を今更、というように、明良は皮肉めいた笑みを作る。

「本当だ。明日の呪詛返しで、俺は贄になる。〝加護〟が発動しなかったら喰われる、とても危険な賭けだ。でも、俺は自分が勝つと信じているよ。だって……」

ひと呼吸置いて、心を澄ませた。

嘘は言わない。ごまかしも、一切やめる。

たとえ恋愛でなくても、誰かを選ぶ瞬間は必ずあるのだ。

「おまえのために、どうしても使いこなせるようになりたいから」

「え……」

明良が、惚《ほう》けた顔でこちらを向いた。

たった今耳にした奇跡が、彼の目に仄《ほの》かな期待の光を宿す。

「嘘……だよね……」

「〝加護〟が使いこなせれば、おまえを弾くことはなくなる。そうしたら——明良、おまえを抱き締めるよ。おまえが、長いことずっと俺を想ってくれていた分も」

「…………」

「これが、俺の返事だ。俺は、おまえの側にいるよ」

一片の迷いも滲《にじ》ませず、清芽はきっぱりと言い切った。後悔はしない。けれど、こんな形で凱斗との恋を終わりにするとは思ってもみなかった。

半信半疑の様子で、明良がジッと見つめてくる。

その手がためらいがちに清芽へ伸ばされ、すんでのところで止められた。もう一度〝加護〟に拒絶されたら、耐えられないと思ったのだろう。それでも、いくぶん明るい色が瞳を染めていくのがわかった。清芽さえ裏切らなければ、その色は美しい輝きを放つに違いない。

「約束する。呪詛返しを成功させて、兄弟で生きていこう」

清芽の言葉に、明良が小さく頷いた。
障子を隔てた廊下に凱斗の影があることを、この時の清芽は気づかなかった。

# 6

櫛笥《くしげ》くん、先ほどは貴重な情報をありがとう。

まだ雑感でしかないが、添付された手紙を一読した感想を書き留めておく。ここから何が摑《つか》めるのか漠然とした期待を抱きながら、話を先に進めよう。混沌《こんとん》とした物事は、書いたり話したりしている間に淘汰《とうた》されて、必要なものだけが残るからね。

まず、一番興味を惹《ひ》かれたのはやっぱり呪符だ。

君が話してくれた通り、あれは呪詛《じゅそ》返しに使われるものだね。呪詛をかけてきた相手の名前を書き込み、呪いを本人に撥《は》ね返すという古典的なやつだ。ということは、手紙の送り主の女性（仮にA子さんとしよう）が「視《み》る」名前、「池本麻理子《いけもとまりこ》」が呪詛をかけた人間だろう。そうなると呪符を用意した人間――要するに、呪詛をかけられたのは誰か。特殊清掃人が遺品として引き取ったのだから、惨殺《ざんさつ》された四人の男女の一人だと考えるのが順当だね。

しかし、現時点で人物の特定は難しい。何しろ情報が少なすぎる。死んだ四人の男女が何者なのか、関係性も含めて調べてみたら面白そうだが生憎《あいにく》と今は時間もない。私たちには、祟《たた》り巫女《みこ》の調伏《ちょうぶく》という命題が待っている。そういうわけで、手がかりとしては池本麻理子から考えていこう。この手紙の中で、唯一名前が判明している人物だ。

池本麻理子は女優だった。僕も、フェイスブックを検索して確認してみたよ。アラサーの無名女優ってところかな。かなり地味な風貌《ふうぼう》だが、それはそれで味がある。A子さんが書いていたように、出身地がM県辰巳町《たつみちょう》。それから、追悼《ついとう》コメントの内容からおおよその死亡時期を推測して国内の変死事件を当たってみたら、見事にY県がヒットした。同じく、Y県の公衆電話での事件を調べると、思った通り御影《みかげ》神社の地元が出てきたよ。

櫛笥くん、君が妙な引っかかりを感じるのは当然だ。偶然にしては、符号の一致が多い。僕たちが呪詛返しに邁進《まいしん》している時、同じように呪符を使って呪《のろ》いから逃れようとした者がいた（一人か複数かはわからない）。残念ながら亡くなったようだが、呪詛をかけた側の池本麻理子は辰巳町で生まれ、御影神社の地元で死んでいる。

そして、櫛笥くん。彼女は女優だ。検索してもほとんど出演作品は出てこなかったが、呪符が出てきたのは映像制作会社だ。バカでもわかる。彼女の出演作品が呪詛と関係がある。

一つ言えるのは、かえすがえすもディスクが焼かれたのは惜しかった、ってことだ。恐らく、そこに池本麻理子の出た作品が録画されているんだろう。だが、想像することは可能だ。映像制作会社としか手紙には書かれていないが、四人も人が死んでいる場所だ。あっさりわかったよ。いわゆる実録系やフェイクドキュメントを専門に作っているようだ。投稿心霊写真とか、ああいった類《たぐい》のものだね。

池本麻理子は、フェイクドキュメントに出演した。商品ラインナップに彼女らしき人物は見つからなかったから、お蔵入りしたんだろう。恐らくは、彼女の死によって。

さて、ここまではPCさえあれば誰でも辿《たど》り着く。櫛笥くんもそうじゃないかな。ここからは、私の単なる推論だ。A子さんを脅かした霊、あれが池本麻理子だと仮定する。君は、気にならなかったかな。私は大いに引っかかった。

——返して。

池本麻理子は、どうして祟り巫女と同じセリフを口にしたんだろう？

可能性の一つに過ぎないが、池本麻理子と茜悠一郎《あかねゆういちろう》に繋《つな》がりがある、と考えてみた。だが、呪術的な見地から考えると、術者と霊的な眷属《けんぞく》は近い位置にいた方がいい。呪詛の生まれた土地、霊に因縁の強い場所、釈迦に説法だが、そういうところの方が呪力が増すからね。祟り巫女や池本麻理子が単なる悪霊ではなく、悠一郎の悪意によって育てられたのなら、やっぱり栄養の高い場所が居心地いいと思うんだ。

それと、送り主であるA子さんの住所が辰巳町になっていた。呪符の影響か知らないが、バイトを辞めて実家へ帰ったようだ。それなのに呪符に浮かび上がる名前を今でも「視る」。とうとう耐えかねて、櫛笥くんへ送りつけたほどだ。

強引な結びつきだけど、私は悠一郎は辰巳町にいるかもしれない、と思う。

御影神社の近くでは清芽《せいが》くんの〝加護〟に近づきすぎる。それは何かと具合が悪いだろう。ただし、まったく根拠のない話なので君に話すのはもう少し煮詰めてからにしよう。このとりとめのない文章も、もうちょっとマシに推敲《すいこう》して。そうは言っても時間があまりないだろうから、急がなくてはいけないね。できたら、今夜一晩、時間をくれないだろうか。明日、これをまとめて朝一で送るから。やることが増えて、私はワクワクしているよ。


「佐原《さはら》教授……」

彼の書き残したメッセージを読んだ後、沈痛な空気が呪詛返しの面々を包んだ。

その文章を書いた数時間後に、佐原は祟り巫女の犠牲になったのだ。文面にある「明日」は永遠に訪れないし、彼のまとめた考えを聞く機会はもうやってこない。

「最後の言葉が〝ワクワクしている〟って、佐原教授らしいね」

清芽がしんみり呟《つぶや》くと、名指しされていた櫛笥がそっと眼鏡《めがね》を外して目頭を押さえた。

呪詛返しを明日に控えた夜。

最後の打ち合わせをするために、母屋の居間に全員が集まっていた。そこには、再び共闘を決心した凱斗《かいと》と、ほんの数時間前に清芽からの約束を取り付けた明良《あきら》もいる。二人が顔を合わせるとそれだけで空気がピリピリするのだが、さすがに今は気にする者もいなかった。

「俺が、佐原教授の部屋から持ってきたタブレット端末だ。彼はこの世から消えかかる寸前、これを託してくれた。本人が書き記しているように、悠一郎が辰巳町にいる保証はない。しかし、満更彼の推論は外れてはいないと思う」

「どうして、そう言い切れる？　呪詛返しの決行は明日だ。間違ってました、じゃ取り返しがつかない。もっと説得力のある根拠はないのかよ」

「あ……あの！」

早速凱斗へ嚙《か》みつく明良に、おずおずと反論したのは尊《たける》だ。

一同が注目する中、彼は学級会で発言するように右手を上げると「月夜野《つきよの》家は、もともと辰巳町に本家があったようなんです」と言い出した。

「月夜野が憑依《ひょうい》している時、彼の心に過《よぎ》る映像や感情が流れ込んでくるんです。多くは意味不明なんですが、僕が見た辰巳町と同じ風景があって、ひどく懐かしい気持ちがしました。月夜野自身には憑《つ》いている霊が多すぎて安らぎがないんですが、代替わりの呪詛を施したご先祖たちが今も彼の中にいます。その中の、かなり古い霊の記憶じゃないかな」

「近県とは言ってたが、その光景は間違いなく辰巳町なのか？」

「多分、祟り巫女の呪詛から逃れるため、一族で土地を移ったんじゃないでしょうか」

明良の問いかけに、尊は自信を持ってこっくり頷《うなず》く。断言するところを見ると、視えたのはよほど印象深い光景だったようだ。

「悠一郎と月夜野は敵同士だから、最初は関係ないって思ってたんだけど……こう何度も辰巳町の話題が出るのは、やっぱり因縁があるんじゃないかって」

「マジかよ……」

「尊くん。君の見た辰巳町の風景ってどこかな？」

俄《にわ》かに場が活気づき、沈んでいた櫛笥がようやく気を取り直す。

「月夜野の先祖が思い入れてるなら、もしかしてそこを穢《けが》すような意味で……」

「あ、でもそれはないと思うんです。だって、わざわざ荒らさなくても、そこはすでに朽ちて廃神社になってるから。昔は、そこそこ立派だったみたいなんですけど」

「廃神社……」

「じゃあ、決まりだ」

尊の言葉を聞くなり、明良が無言で立ち上がった。どういうことかと皆が面食らう中、辰巳町で生まれ育った凱斗のみが苦々しげな表情で口を開く。

「皆、忘れていないか？　祟り巫女は、もともと月夜野一族の人間だ。廃神社に先祖の霊が反応するのは、そこが元は月夜野の人間が守った社だからだろう」

「で、でも辰巳町の宮司《ぐうじ》は確か……」

それまで黙って話を聞いていた清芽が、思わずハッとする。辰巳町で代々の宮司を務めていたのは凱斗の元同級生、茅野尚子《かやのしようこ》の実家だ。

「だから、決まりって言ったんだ。多分、間違いない。悠一郎は茅野家にいる」

「う……そだろ……。俺たち、夏にあの家で数日間お世話になったじゃん……」

「『協会』に霊障の相談をしてきたのも、あそこのご主人ですよね」

信じられない、という顔をする煉《れん》と尊に、明良は呆《あき》れたような視線を投げた。

「茅野家が月夜野家と縁続きかどうか、まだ確証はない。第一、問題なのは悠一郎であって茅野家は軒を貸しただけかもしれない。そうだろう、凱斗？」

「……ああ、そうだな」

同意を求められ、凱斗は険しい顔で明良の言い分を認める。

親とは縁切り同然で、先だっての水神の事件で今度こそ過去を断ち切れたはずだった。それが、こうも纏《まと》わりついてくることに言い様のない不快感を覚えているのだ。

「悠一郎を押さえるなら、辰巳町や『協会』とは無関係な俺が適任だ。奴の呪力がどれほどかわからないなら、尚更だろ。俺が行くことに異論はないよな？」

明良の強い意志を感じたのか、あえて誰も反対はしなかった。確かに、呪力の供給を止めることで呪詛返しに大きな影響があるのなら、明良以上に頼もしい人選もない。

ただ、清芽は少し腑《ふ》に落ちなかった。

明良の性格なら、自分が陣の周りにつく、と言い張ると思っていたのだ。

(前回は、離れていた方が逆に俺のこと考えてくれるよね、とか言ってたけど……)

また心配してるのか、と言ってやりたいが、自惚《うぬぼ》れてると思われるのも気恥ずかしい。それとも、清芽が態度をはっきりさせたので余計な不安が無くなったのだろうか。

「佐原教授の推論に、尊くんの霊視。この二つが辰巳町を有力と結論づけるなら、僕は自信を持っていいと思う。じゃあ、また数時間後に集まろう」

櫛笥の言葉を最後に、話はまとまった。明け方前には呪詛返しを始める、ということで解散となり、それぞれが部屋へ戻っていく。今夜は緊張で眠れそうもないな、と思いながら清芽も自室へ向かおうとしたら、明良が追ってきて引き止めた。

どうした、と顔を見返すと、彼は真剣な口調で詰め寄ってくる。

「呪詛返しが成功したら、凱斗の記憶は戻るかもしれない」

「…………」

「俺は、兄さんを信じていいの？」

咄嗟《とっさ》に良い言葉が見つからず、清芽はただ頷《うなず》くことしかできなかった。

その可能性は考え抜いた上での選択だし、また凱斗に戻れるなんて思っていない。次に傷つけたら明良がどうなるか、それを考えるのが何より怖かった。だからこその結論だ。

「そんな問いかけは無用だ」

不意に、背後から声がした。

いつの間にか、凱斗が後ろに立っている。

「俺の記憶がどうだろうと、一度決めたことなら簡単に揺らぐ男じゃないだろう」

「凱斗……」

「もっと信用してやれ」

無愛想にそれだけ言うと、彼はさっさと立ち去って行った。聞かれていた、と動揺し、清芽も急いでその場から離れようとする。途中で気になって振り返ると、明良はまだ動かずに、一人でポツンと立ち尽くしていた。


深夜三時、それぞれに覚悟を固めた面々が境内の拝殿前に集った。

まだ空は暗く、十月の夜気は芯を鈍く凍らせる。足元もおぼつかない闇の中、白の狩衣《かりぎぬ》姿の真木《まなき》が皆の拠《よ》り所のように目を惹いた。一同が揃《そろ》うと彼は無言で頷き、やがて朗々たる声音で禊祓詞《みそぎはらへのことば》の祝詞《のりと》をあげる。これから、どれほどの穢れを浴びることになるのか誰にも想像できなかったが、穢れは恐怖や動揺する心の隙間《すきま》から侵食する。それを最低限に抑えるためには強い精神力が必須であり、祝詞はそれをバックアップする大事な言霊《ことだま》だった。

『今回は逆打ちの陣を使うから、神域だと効果が落ちる。言わば邪道の呪術だしね。僕は、前回に明良くんたちと向かった西南の裏山はどうかと思っている。あそこには祟り巫女の一部が埋められていたし、山には霊が集まりやすいから邪道の方が効きやすい』

昨晩の打ち合わせで、櫛笥の意見に異を唱える者はいなかった。

前回、御影神社の境内で呪詛返しを行ったのは祟り巫女の呪詛が生まれた地だからだ。儀式の基本に則る選択でやむを得なかったとはいえ、甚大《じんだい》な穢れを祓《はら》うのに真木は忙殺される結果となった。それを知っているだけに、清芽は櫛笥の発言にいくぶん安堵《あんど》している。

「そういえば、明良くんから連絡来た？　昨夜の内に辰巳町へ向かったんだよね」

「悠一郎の居場所ですね？　大丈夫、すぐに特定できたようです。やっぱり、茅野家で間違っていませんでした。もともと悠一郎は逃げ隠れはする気がないようだし、明良も心配はしていなかったみたいです。ただ、本人にはまだ会ってないって言ってました」

「うん、その方がいいね。長時間、悠一郎の行動を制限するのは明良くんでもしんどいだろうし、呪詛返しのタイミングと合わせた方が確実だ。まぁ、明良くんなら失敗はしないさ。むしろ、やりすぎで問題起こさないかの方が心配なくらいだよ。悠一郎がいくら優秀でも、実力では明良くんに劣るだろうしね」

半分は冗談めかしているが、櫛笥の言葉には清芽も同感だ。悠一郎の出方次第では、明良の神経を逆撫《さかな》でしないとも限らない。ただ、昨晩の様子ではかろうじて危ういところを脱したように見えたので、兄として彼を信じるしかなかった。

「でも、何だかカチンとくるよねぇ」

むうっと眉間《みけん》に皺《しわ》を寄せ、櫛笥は面白くなさそうに腕を組む。

「どれだけ自己顕示欲が激しいのか知らないけど、僕たちが生者には何もできないと見くびっているのかな。一度なんか、僕と佐原教授に素知らぬ顔でお菓子を勧めたりしてさ」

「お菓子……月夜野の分家に現れた時ですか？」

「口にしなくて良かったよ。呪のかけられた食べ物だったら、と思うとゾッとする」

それは、なかなかに笑えない冗談だった。もしかしたら、少しのタイミングのズレで櫛笥とも話せなくなっていたかもしれないのだ。佐原の死がもたらした衝撃は、想像上でしかなかった仲間の死が決して世迷言《よまいごと》ではないことを皆に思い知らせていた。

「でも、驚くなぁ。まさかの〝振り出しに戻れ〟だなんて。僕も、辰巳町と再び関わりが出てくるとは思わなかったよ。呪符の件、佐原教授がかなり興味を持ってくれたのは事実だけど、まさかあの短時間に悠一郎との接点まで考察していたなんて。……ねぇ、清芽くん」

「はい」

「あの人は単なる助言者じゃない、立派に僕たちの仲間だったよ」

「櫛笥さん……」

「死んでほしくはなかった。本当に、心の底からそう思う」

櫛笥の口ぶりには、深い悔恨が滲《にじ》んでいた。

自分が彼に情報を与えなければ、あるいは死なずに済んだのでは、と思っているのだ。だが、それを言ったところで佐原は生き返らないし、自分たちだって今からどうなるかは知れない身だ。清芽自身、佐原への思いはたくさん抱えているが、今は振り切って呪詛返しの成功を考えねばと自身へ言い聞かせていた。

「……そうだね。僕たちが巫女を完全調伏できないと、佐原教授の魂にも安らぎは訪れない。だから、一瞬の躊躇《ちゅうちょ》もしないよ。僕は、必ず呪詛返しを成功させる」

清芽の決意を聞き、櫛笥の眼差しが力強さを増した。日頃は柔らかな物腰で曲者《くせもの》揃いの面々を取りまとめる「大人」だが、今日は久しぶりに霊能力者として違う顔を見せてくれそうだ。清芽は頼もしさを覚えつつ、中学生コンビの方はどうだろうとさりげなく注意を向けた。

「あのさ、煉」

「な、なんだよ」

やや緊張気味の従兄弟《いとこ》を労《いた》わるように、尊が優しい口調で話しかけている。

「呪詛返しを始めたら、僕は意識を月夜野に開け渡す。彼は呪具として、もう一度働くつもりだから。煉は、その手助けをしてあげてほしい。それがどんな結果を生んでも、絶対に私情を挟《はさ》まないで。僕に何が起きても取り乱さないって、ここで約束してくれるよね？」

「……無茶言うなよ……」

尊の訴えに、煉は複雑な表情だ。彼らにとっても、逆打ちの陣で呪詛返しを行うなんて初めてで何が起きるかまったく未知の領域だった。即答できないのも、無理はない。

けれど、今日のために濃密な数日間を過ごした実感は誰の胸にもある。

それが自信の裏打ちとなり、今までの自分を乗り越えるきっかけになったのは事実だった。

「大丈夫。僕と煉が揃えば、悪霊なんか目じゃないよ」

「尊……」

「ね？」

「……わかったよ」

今度こそ、失敗は許されない。僅《わず》かな迷いが自分のみならず、全員の命を脅《おびや》かす危険性も高いのだ。そんな怖れが現実となったせいか、いつになく煉を緊張させているようだ。

けれど、尊の気丈な笑顔が煉の本質を呼び覚ます。

何があっても彼を守るんだという、唯一にして最上の命題を。

「安心しろ。呪詛返しも成功させるし、尊にも傷一つつけさせない」

「じゃあ、僕も」

「え？」

尊が煉の手を取り、自分の両手でギュッと包み込んだ。

「〝守られるのが嫌だ〟なんて我儘《わがまま》は言わない。煉を信用して全部預ける」

「…………」

「呪詛返しが成功したら、一緒に追試受けようね。中間テスト、サボっちゃったし」

「やなこと思い出させんなよ……」

潤んだ声で悪態をつき、煉が照れ隠しに尊の手を振り払った。えへへ、と尊が笑って、二人を見守っていた清芽へピースサインを送る。試験勉強の面倒くらい、いくらでもみてあげるよ、と心の中で答え、煉への引け目にもがいていた尊の成長を感動の思いで見守った。

「そろそろ行くぞ」

右隣に立った凱斗が、ぶっきらぼうに告げる。だが、素っ気ない口調とは裏腹に、その手のひらが清芽の背中をゆっくり叩《たた》いていった。触れられた場所からじんわりと温もりが広がり、無駄な力みを解放してくれる。清芽は短く深呼吸をし、ありがとう、と彼へ礼を言った。

「怖くはないか？　使いこなせるかどうかは別として、もし〝加護〟が発動しなかったらおまえは真っ先に喰われて死ぬぞ」

「大丈夫だよ。多分、もう不安定にはならないと思う」

「……そうだな」

一瞬、面白くなさそうな響きが声に混じる。

しかし、すぐに感情を押し隠すように彼は言った。

「まぁ、俺も煉もいる。おまえを贄《にえ》で終わらせたりはしないさ」

「うん、頼りにしてる」

笑顔を作り、話せる時間が愛おしい。

忘れないでいよう――そう思った。

多分、彼とこんな風に過ごせるのは今日が最後だ。

大事に記憶へ刻み付けると、清芽は真木に真っ直ぐ向き直った。

「じゃあ、行ってきます」

「充分に気をつけなさい。私も奥で祝詞をあげよう」

「はい。必ず皆で帰ってきます」

清芽がそう言うと、他の皆も一斉に姿勢を正す。

見上げれば月が冴《さ》え冴《ざ》えと輝き、不吉なほど美しい夜が広がっていた。


深夜、旧家の佇《たたず》まいを色濃く漂わせる日本家屋の前に明良は立っている。

隣接する民家はなく、新興住宅街から外れた一画に異様な存在感を放つその家の住人は、かつて町の宮司を務めていた家系だった。しかし何十年も前に廃神社となり、現在は神事とは無関係の生活を送っている。要するに、今の辰巳町には神の社がないのだ。

「水神に祟られるような町だから、それも当たり前か」

くん、と夜気に混じる匂いに反応する。線香の香りだ。玄関に貼られた『忌中《きちゅう》』の文字を見て、明良は皮肉な笑みを刻んだ。今が忌中なら、この家の主人は思ったよりも生命力があったようだ。水神に憑かれて体力を消耗し、数日の入院をこの町で余儀なくされた明良は、同じ病棟にいた老人の衰弱しきった顔を思い浮かべた。

老人、と表現したが、正確にはそんな年齢ではなかったように思う。恐らく六十前後だったし、町の名士で町会議員を務めていて、つい数ヶ月前までは精力的に活動をしていたと聞く。実際、最初に出会った時の彼は老人と呼ぶにはまだ早い印象だった。

「まぁ、病院のベッドで老けるってのもありえない話じゃないが」

おぼろげな記憶をさらって、憂鬱《ゆううつ》な気分になる。

知り合いというほどではないが、一つの事件を通して縁のあった人物だ。入院中に一度だけ病室を見舞ったことがあったが、生憎と病室には誰もおらず、文字通り「生ける屍《しかばね》」と化した老人がたくさんの管に繋《つな》がれているだけだった。

あれが茅野崇彦《たかひこ》――かつて辰巳町で宮司を担っていた一族の末裔《まつえい》――だとすれば、一体どれほどの業を背負って死に向かっていたのか。

そんな埒《らち》もないことをつらつら考えている間に、時刻が三時に近づいた。

櫛笥の話だと呪詛返しは三時から四時の間に行うとのことだから、タイミングを合わせるならそろそろ動かなくてはまずいだろう。遠慮する気は毛頭ないが、さて、どうやって外へ引きずり出そうかと思案していたら、不意にがらりと玄関の引き戸が開いた。

「ああ、君だったんですね。葉室《はむろ》明良くん」

闇を切り抜いたような人影が、悪びれずに声をかけてくる。

厳密には初対面とは言えないが、実体の悠一郎と対峙《たいじ》するのはこれが初めてだった。

「驚いたな。いつからいたんです？　まさか、今まで気配を消していたのかな」

「用心のためにな。あんたに、どっかへ行かれたら困るんだよ」

「へぇ……急に特別な〝気〟を感じたから出てみれば」

心の底から感心しているらしく、悠一郎は無遠慮な目線で明良を観察する。やがて気が済んだのか、冷たい夜空を仰いで歌うように呟《つぶや》いた。

「どうやら、今夜は呪詛返しの晩なようだ」

まるで、待ち望んでいたとでも言いたげな横顔だ。虚勢や見栄などではなく、彼は本気で満足そうだった。何百年とかけた呪詛が、破られるかもしれないとは考えないのだろうか。

なめんなよ、と明良は胸で毒づいた。

一度失敗したからって、それで勝ったと思うなら大間違いだ。

「それにしても、僕が茅野家と縁があるとよくわかりましたね。表だって、僕とこの家を繋ぐものはないと思うんですが。それとも、祟り巫女とは違うアプローチできたのかな」

「…………」

「そうだとしたら、実に運命的ですね。辰巳町の情報をもたらしたのは、どこの誰だろう。お蔭《かげ》でこんな劇的な対面を明良くんとできた。お礼をしたいな」

「おまえに説明する義理はない」

「おっかないなぁ」

悠一郎は、芝居がかった仕草で肩をすくめた。

「佐原教授のこと、怒っているんですか？　でも、あれくらいの刺激がないと君たちは本気で怖がってくれないでしょう？　それに、あれはお母さんじゃありません——厳密には」

「厳密には……？」

「面白いことは、たくさんあった方がいいじゃないですか？」

意味ありげな返事をして、わざとらしく挑発をする。いちいち人の神経を逆撫でする奴だが、明良は一瞬も気を緩めなかった。悠一郎が出てきた瞬間、足元からざわっと禍々《まがまが》しい幽鬼が立ち上るのを感じたからだ。彼は、存在そのものが純粋無垢《むく》な悪意だった。

「お母さんの怨《うら》みは、ぜひ成就させてあげたいです」

「…………」

「でも、そこに僕がいたからだと知ってもらわなきゃ困る。祟り巫女を扱えるたった一人の人間、それが僕です。こんな面白くて凄《すご》いこと、ちゃんと認めてもらわなくちゃ」

「認める？　誰に？」

「決まってるでしょう?　──君たち、みんなだよ」

みんな、死ぬんだよ。

そう言った時と同じ目で、悠一郎は楽しそうに答えた。

「最初は、全然そんなつもりはなかったんですよ。清芽くんの自転車を盗んだのも、ほんの悪戯心《いらずらごころ》だった。呪詛返しも無理だと思っていたし、挨拶《あいさつ》する価値もないかとね。だけど、まさかお母さんとほぼ互角にやり合うなんて」

「互角?」

鼻先で笑い、明良はゆっくりと足場を固める。

「幾つかのズレが失敗を招いただけで、呪力だけなら俺たちが勝っていた。おまえだって、そう思ったからつまらないこけおどしなんか始めたんじゃないのか?　確かに祟り巫女の妄執《もうしゅう》は凄《すさ》まじいが、おまえらが育てたのは所詮怪物だ」

「噂《うわさ》通りだな、葉室明良」

スッと瞳を細め、悠一郎がねめつけた。

「怖いもの知らずの王様」

軽い苛立《いらだ》ちが、その声音に滲み出る。遊びに水を差された子どものように、悠一郎の笑みに不快の色が混じった。一体どこでそんな不名誉な噂が、と明良は甚《はなは》だ心外だったが、今は出所を訊《き》いている場合ではなさそうだ。

「僕を足止めに来たんですよね？　じゃあ——始めましょうか」

地に渦巻いていた先ほどの幽鬼が、どろりと人型になる。

悠一郎はニタリと笑い、再び感情をその奥へ隠した。


「これでよし……っと……」

道中で用意した手頃な枝を使い、櫛笥が苦心して逆打ちの陣を地面に描き上げる。御影神社を出てからすでに小一時間が過ぎていたが、何しろ懐中電灯だけを頼りに描かなくてはいけないので通常以上に手間がかかったようだ。しかし、逆打ちの陣は夜に効力を発揮するため、どうしても術を行う時間帯は限られているのだった。

山道をしばらく登って脇へ入ったところに、ぽかりと狭い空き地がある。清芽の幼い頃から何故か草木が一切生えない場所で、一年中何者かが根こそぎ刈り取ったようなむきだしの地面が目に寒々しかった。真木から「決して、あそこで遊んではいけない」と立ち入りを禁止されていたのも、巫女の呪詛にまみれた地だったと聞けばしごく納得する。

「準備完了」

複数の懐中電灯を下に置くと、異様な陣の全景が闇に照らし出された。

円は二重になっており、一つ目と二つ目の間に判読不能な文字が並んでいた。どうやら、それが裏梵字《ぼんじ》らしい。鏡に映した文字のように、全てが逆になっている。

「凄い……よくこんなの、ぶっつけで描けますね……」

「櫛笥家は、魂縛と陣を得意とする一族だからね」

感心する清芽に、櫛笥は満更でもない顔で答えた。

「ただ、逆打ちはさすがに実地で試すのが初めてなんだよ。まず、まともな霊能力者なら除霊にこんな邪道なやり方はしないからね。さすがは月夜野一族、とか言ったら悪いかな」

「いんじゃね？　巫女の呪詛で代々の直系が死んでるとはいえ、自分たちが生き残るために屍を築いてきた連中なんだ。えげつない呪術が、気風に合ってるんだよ」

「煉くん、手厳しいな」

「櫛笥が甘いんだよ。月夜野自身、除霊のやり方が乱暴だったのは知ってるだろ？」

月夜野の行いを芯から嫌悪する煉は、相変わらず手厳しい。

櫛笥は苦笑し、ちらりと尊の反応を窺《うかが》った。身内に月夜野の生霊を留めているとはいえ、本番まではおとなしくしているのか彼は顔色も変えずに陣を見つめている――と思いきや、不意に口を開くなり「こうかい……は……ない」と呟いた。

「え？　今の尊か？」

「こうかいは……ゆるされ、ない……」

「…………」

「ゆるされない……」

それは、月夜野の凄絶な宿業を思わせる一言だった。

完全な死を目前にして尚、彼は己の軌跡を懺悔《ざんげ》で取り繕おうとはしない。外道の法で多くの犠牲者を出してきた者の、悲しいまでの歪んだ矜持《きょうじ》だった。

「じゃ……じゃあ、準備を始めようか」

気を取り直し、こぢんまりとした円の中心を櫛笥が指差す。

「ここに清芽くんが座る。二荒《ふたら》くんと煉くんは、円の対角上に控えて」

「わ、わかりました」

「言うまでもないけど、決して円から出ないようにね。祟り巫女が君に惹きつけられ、嬲《なぶ》ろうとするけれど限界までは堪《こら》えて。機を見て僕が彼女を捕縛する。悔しいけど霊力に差があるから、恐らくはもって一分が限界だろう。だから、二荒くんたちも機を逃さないように。僕が彼女を封じている間に調伏するんだ。いいね——一分で全てのカタをつける」

「マジか……人生で一番長い一分じゃね？」

櫛笥の説明に肩をすくめ、煉がおどけてうそぶいた。凱斗がふてぶてしいほど落ち着き払った様子で「あっという間だ」と薄く笑む。そういえば彼の『勝算』については、とうとう思い出せずじまいだったな、とそこだけ清芽は残念に思った。

「一分で全てが終わる……」

　櫛笥から清め塩を振ってもらい、清芽は慎重な足取りで円に足を踏み入れる。

　嫌でも緊張が高まっていき、頭上の星空が絵に描いたように空々しく見えた。

「陣の凶方角に、月夜野の席を作る。尊くんはそこにいて。呪詛返しの呪具として使うなら、清芽くんの言霊が導かないとならない」

「月夜野さんが呪具の役目を再び担うなら、俺は使い手としてどうすれば？」

「清芽くんは、呪詛返しの祝詞を復唱すればいい。大事なのは、使い手になっている君の呼気なんだ。それが祝詞に力を与える。呪いに打ち勝つという念を込めて発する一言一言が、強烈な呪力を持って月夜野の毒を増幅させ、祟り巫女へぶつけることになる」

「俺の……呼気……」

　戸惑う清芽へ追い打ちをかけるように、櫛笥の容赦ない言葉が続く。

「そう。だから、祟り巫女は君を止めようと襲いかかる。そこで〝加護〟が発動すれば、彼女の霊力は大幅に奪われると思う。ただ、もし発動しなかった場合……」

「…………」

「最悪、君は巫女に喰われる」

「……覚悟の上です」

　神社を出る際、凱斗に同じことを言われたな、と思う。

ただ、このままではダメなのだ。何としても使いこなし、必ず巫女を滅してみせる。そうして明良に約束した通り、彼を抱き締めるのだ。

それは他の誰にもできない、自分に課せられた役目だった。

自分にできることを頑張る――佐原教授の言葉が、清芽の背中を強く押す。

ここで力を出せなかったら、葉室清芽に生まれた意味がない。逆を言えば、魂にかけられた呪詛を撥《は》ね返すことが、この世に生まれてきた自分の為すべき仕事なのだ。

「配置につくぞ」

凱斗が、厳《おご》かな声で言った。

微《かす》かな灯りに浮かび上がる眼差しは、しっかりと清芽に向けられていた。


「オン・アサン・マギニ・ウン・ハッタ！」

明良の真言が夜気に響き渡り、炎の矢が地を駆ける。

金剛炎の呪術が幽鬼の群れを吹き飛ばし、浄化の火に包んで瞬時に燃やし尽くした。

「一蹴《いっしゅう》ですか」

感嘆の声を悠一郎が漏らし、燃え上がる炎に恍惚《こうこつ》の顔を向ける。そこには、己が身を案じる感情など一片も混じってはいなかった。むしろ、噂に聞く明良の力の一端を目にして興奮している様子だ。夜に揺れる青白い火柱に目を輝かせ、彼は「綺麗《きれい》だ……」と呻《うめ》いた。

「凄いな。『協会』が、喉《のど》から手が出るほど欲しがるはずだ。僕のお母さんに喰わせたら、彼女は怪物どころか悪鬼になれるんじゃないかな」

「ふざけるな」

「ええ？　本気で褒《ほ》めているのに」

心外な、とムッとする悠一郎の周囲を、燃え盛る炎が円で囲む。あ、と彼は呟き、印を組む明良を正面から見返した。打って変わって、その表情には軽い失望が混じっている。

「僕を結界に？　それで終わりですか？」

「…………」

「まぁ、仕方ないですよね。呪殺なんかしちゃったら、お兄さんに嫌われてしまう。清芽くんは普通の人だから、どんな相手でも殺すなんて抵抗ありますよね」

「ごちゃごちゃ煩《うるさ》い」

「だけど、祟り巫女を調伏なんかしちゃっていいんですか？」

突然何を言い出すんだ、と明良は耳を疑った。同時に、「惑わされるな」と心のどこかで声がする。聞いてはいけない。耳を貸してはいけない。己へ言い聞かせる隙間を縫って、悠一郎が笑みを含んだ声で先を続けた。

「祟り巫女の呪詛が消えれば、奪った記憶が戻る。二荒凱斗は、葉室清芽を思い出す」

「てめぇ……」

「まさか〝俺を信じろ〟なんてセリフを鵜呑《うの》みにしているのでは？」

嫌なところを衝《つ》かれ、明良は苛々する。確かに、清芽は呪詛返しの成功を誓っていた。巫女の呪力によって奪われたのは、凱斗の『核』を成す清芽への愛情だ。それを取り戻す、というのが原動力になっていたからだ。

「元通りになるんですよ、何もかも」

それは、明良にとって恐ろしい呪文だった。

おまえと生きていく——清芽は、そう約束してくれた。自分の意志で、明良を選んでくれたのだ。兄弟で生きていこう、と言った言葉に、偽りやその場しのぎの音はなかった。

「俺は……兄さんを信じている」

ダメだ。動揺するな。術が乱れる。

必死に感情の乱れを抑え、明良は悠一郎を睨《にら》みつけた。

「あの人が、凱斗の記憶が戻る可能性を無視するはずがない。わかっていて、それでも俺を選ぶと決めたんだ。今更、凱斗が兄さんを思い出したところで元通りになんかならない」

「本当に？　人の気は移ろいやすいよ？」

炎の中心で、悪魔が笑う。

「諦《あきら》めていた恋人の心が戻ってきて、揺らがないなんてありえますか？　まして、清芽くんは人一倍情に脆《もろ》い。二荒凱斗が恋人を忘れ、傷つけていた罪悪感に苦しむ様を見たら、突き放したりできないんじゃないかなぁ」

「兄さんは、そんないい加減な人じゃない」

「大体、恋人同士でもないのに〝一緒に生きていく〟なんて無理ですよ」

「…………」

「明良くんにとって清芽くんが唯一無二でも、向こうはどうなのかなぁ。祟り巫女の呪詛が消え、悪霊に狙《ねら》われる心配がなくなったら、彼は誰に守られる必要もなくなる。ねぇ、そのことは考えてみなかったんですか？　明良くんの霊力はこんなに素晴らしいのに、大事な相手にはまるで役に立たない。そういうの、理不尽だと思わないんですか？」

バンッ！

悠一郎の身体を掠《かす》め、紅蓮《ぐれん》の火の粉が夜空に散った。焼け焦げた上着の切れ端が、ひらりと地面に落ちていく。炎の刃が直撃していたら、危うく悠一郎を焼き殺すところだった。

「はは……ッ」

手加減や脅かしではない。それは、呪を放った明良が誰よりわかっている。しかし、悠一郎は怯《おび》えるどころか勝ち誇ったような顔で焦げた切れ端を摘まみ上げた。

「やっぱりそうだ。君は、お兄さんを信じちゃいない」

「うるさい……」

「信じたい、と思っているだけなんだ」

聞きたくなかった一言に、全身の血が沸騰した。


ざりざりざり。ざりざりざり。

耳に覚えのある、嫌な音が近づいてくる。

二手に分かれた凱斗と煉の口から澱《よど》みなく祝詞が唱えられ、神気を帯びた言霊が夜気を伝って陣の周りにちりばめられた。

「我が口は炉の口である」

「我は忿怒形の降三世尊と同一であり、その周囲を眷属《けんぞく》が囲んでいる」

清芽が追って復唱する間も、耳障りな音は絶えず周囲を這《は》い回り続ける。まるで、贄の鮮度を見極めようとしているかのようだ。生臭い臭いが鼻をつき、忍び寄る恐怖に身が竦《すく》んだ。

「か……ァあ……して……ぇ」

引き攣《つ》れるような声が、暗闇の一角から漏れてくる。

次の瞬間、祟り巫女が目の前に姿を現した。

「あぁたしの……あか……ァ」

「オン・スムバ・ニスムバ・フン・グリナ・グリナ……」

「フン・グリナ・アーバヤ・フン・アーナーヤ……」

「かぁえせぇええええ」

腐りかけた女の頭が、妄執の雄叫びを上げた。右手と右足は異様な方向へ捻《ね》じ曲がり、呪いを吐き散らしながら迫ってくる。血走った眼は憎悪に燃え、失った赤子の怨みが思考を完全に狂わせていた。憎悪。ただそれだけが彼女を動かし、殺戮《さつりく》をくり返すのだ。

「オン・スムバ・ニスムバ・フン・グリナ……」

「フン・グリナ・アーバヤ・フン・アーナーヤ……」

怨嗟《えんさ》の圧に目が霞《かす》み、視界がどんどん濁り出す。怖いと思ったらダメだ。清芽は、必死に自分へ言い聞かせた。恐怖は心を支配し、内側から侵食する。どんなにおぞましく醜悪な化け物を前にしても、恐れた瞬間につけ込まれてしまう。

——と。

「清芽！」

刃のような一喝《いっかつ》が、清芽の視界を一掃した。凱斗の声だった。

「え……」

「清芽、来るぞ！」

この感覚は、と身震いが走る。

マンションで悪霊に襲われた時、瞬時に祓《はら》ってくれたあの声だ。

「凱斗……だったのか……」

「あァあああああああああッ！」

「うわっ」

甲高く叫びながら、巫女が膝へ這《は》い上がってきた。ぬらぬらの舌で頬《ほお》をひと舐《な》めされ、ひ、と祝詞が中断する。怒りが彼女の髪を逆立て、その口が目の前で怨念を吐き出した。

「かぁあえせえええええ」

「清芽！」

「じゃぁあまをするなぁあァ」

遠く祝詞が聞こえる。

誰の声だろう。視界が暗い。

死臭にまみれた闇が呑み込もうとしている。誰を？　俺を？

妄執が身体を包む。動けない。喰われる。喰われ――。

ドンッ！

目を閉じかけた時、激しい閃光《せんこう》が意識を貫いた。

足元がぐらりと浮き上がり、地面に幾つものひび割れが走る。

「ぎぅあぁっ！」

醜い声をあげ、祟り巫女が陣の外へ吹き飛ばされた。全身から血を吹き出し、苦悶《くもん》の表情でのたうちまわっている。〝加護〟の発動で、雷光がまともに彼女を弾いたのだ。

「魂縛する！」

控えていた櫛笥が機を見て呪を唱え、ゆらりと浮き上がった呪文字を放った。赤い霊糸が蜘《く》蛛《も》の巣のように開き、祟り巫女に絡みつき動きを封じる。

「一分だ！　油断しないで！」

「はい！」

その隙を衝き、月夜野を憑依させた尊が前へ出た。彼は祟り巫女の髪を摑《つか》み、間近に顔を突き合わせる。その目は何も映してはおらず、唇からは月夜野の言葉が洩《も》れ出した。

『祟り巫女――』

「つきよのぉ……ォオオ」

『さぁ、俺を喰え』

祟り巫女が血の涎《よだれ》を垂らし、毒の呪具と化した『月夜野』に食らいついた。すかさず清芽が使い手となり、退魔の祝詞を唱えながら尊の身体を引き剝《は》がす。分離した月夜野の魂が、その機を逃すまいと彼女の中へ飛び込んだ。

直後に魂縛が解け、巫女が尊の首を嚙み砕こうとする。

「オン・バサラ・カン！」

そうはさせじと、煉の放った真言の矢が彼女の頬を刺し貫いた。

そのまま駆け寄ろうとした煉を、祟り巫女の咆哮《ほうこう》が捕らえる。雑鬼がわらわらと地中から湧《わ》き出し、彼の足を摑んで黄泉《よみ》へ引き込もうとした。

「くそッ、離せ……ッ！」

「オン・バザラ・ヤキシャ・ウン！」

凱斗の呪が危ういところを救い、直撃を受けた雑鬼が霧散する。周辺の土まで蒸発する、凄まじい霊力だった。呆気《あっけ》に取られていた煉が、慌てて体勢を立て直す。だが一瞬遅く、祟り巫女は再び尊へ牙《きば》を剝《む》いた。

「尊――ッ！」

まだ憑依が抜けないのか、尊は虚ろな表情のまま逃げようとしない。

清芽が反射的に陣から飛び出し、尊を庇《かば》うように立ちはだかった。

〝加護〟と、心の中で強く呼びかける。

守るだけじゃない。おまえに力があるなら――。

「清芽、祟り巫女を滅せ！」

凱斗が叫んだ。

（絶対に捻《ね》じ伏せてやる……！）

〝加護〟と共存し、波長を合わせる。

それが使いこなすということだと、真木から教えられた。天と自分の間に精神をずらし、激しい雷をイメージする。その瞬間、御神体から溢《あふ》れる光が脳内に蘇《よみがえ》った。

ああ、と芯を駆け抜ける閃光に陶酔する。

これこそが破邪《はじゃ》の光――怨霊を滅する神の剣だ。

「いかにして呪いやるとも、焼鎌《やきがま》の敏鎌《とがま》をもちて打ちや祓わん！」

パン！　と柏手を打つ。背中がぶわっと熱くなった。

清芽を包む〝気〟の波動に、煉や尊、櫛笥や凱斗までが圧倒される。彼らの見守る中、〝加護〟の煌《きら》めきが紅蓮の炎を纏《まと》った神気の刃に形を変え、清芽の中へ吸い込まれていった。

「センセエ……」

煉が、ごくりと唾を呑み込む。

一度身の内に収めた〝加護〟を、清芽は再び手のひらに集めた。

「天八十万日魂命そのとこいどを返し給い、万の禍《まが》を祓い給え！」

「うぁあァあああああ！」

目の眩《くら》むような光が、凄まじい勢いで祟り巫女にぶつかった。

それは激しい渦となって、彼女の頭を、右手を、右足を砕いていく。断末魔の叫びが耳をつんざき、吹き出す鮮血が光を染めた。それでも渦は止まらず、皮膚を引き裂き、骨を削り、魂を粉々にすり潰《つぶ》す。〝加護〟だけではない、彼女は内側から腐食しているのだ。

「月夜野の毒だ……」

凄絶《せいぜつ》な光景を前に、櫛笥が呆然《ぼうぜん》と呟いた。

「凄い……」

我を取り戻した尊や煉が、魅入られたように見つめている。

呪具と化した月夜野の魂が、祟り巫女を包んでいた。

一粒の穢れも逃さず、まるで心中するように一体化していく。

やがて光が徐々に薄らぎ始めると、彼らの残骸《ざんがい》も消えていった。

「…………」

誰も、一言も話せない。

終わった、という実感もないまま、唐突に夜の闇が降りてきた。


炎の結界に呪力を閉じ込められた悠一郎が、ピクリと目線を上げる。

次いで、気の抜けた様子でゆっくりと息を吐き出した。

「あぁ～あ。壊しちゃったか」

闇に目を凝らし、残念そうに呟くが言葉ほど落胆はしていない。その証拠に、こちらへ視線を戻した時にはもう笑みを浮かべていた。

性質《たち》が悪い、と明良はムカつきながら睨み返す。結界の維持に常より神経を尖《とが》らせているのは、決して悠一郎の霊力が高いせいだけではなかった。

「まぁ、いいかな。お母さんは、あれだけじゃないし」

「え……」

「器をね、作っておいたんです。祟り巫女は消滅したけど、僕にはまだたくさんのお母さんがいる。一番大きなお母さんは喪っても、また育てればいいんだから」

事もなげにさらりと言い切る彼の背後、結界の向こう側に女が立っている。

よほど恐ろしい目に遭って死んだのだろう。祟り巫女と違い、彼女の中に憎悪はない。代わりに恐怖だけが詰め込まれ、ギョロギョロと怯えた目が泳いでいた。

やがて彼女は口をぱくぱく開け、「返して……」と言い始める。昨日聞かされた特殊清掃人の手紙にあった「池本麻理子」か、と眉《まゆ》をひそめた。

「ねぇ、明良くん。僕と一緒に来ませんか」

「は？」

耳を疑うような誘いを受け、ますます嫌悪が募っていく。

こちらの機嫌など意に介さず、悠一郎は言った。

「君の霊力は、もう誰にも必要とされていない。だって、清芽くんにかけられた呪詛は消えたんだから。そうでしょう？　帰っても、君の居場所はなくなっている」

誰にも必要とされていない。

明良が何より怖れていたのは、その言葉だった。

清芽に救いを求め、存在する意味を欲しがったのは、自分の疎ましい力が彼の生命を繋ぐ糸になっていたからだ。生きながら死者の世界に触れるなんてまともじゃない。この身は、指先は、きっと穢れきっている。でも、兄のために生きるなら神様も許してくれるはずだ。

いつしかその思いは信仰となり、清芽だけが自分を生かせる人になっていた。

兄の全てが欲しい。よそ見なんか、してほしくない。

自分がいなければ生きていけない、そんな人になってほしい。

昨夜、ようやくその願いが叶いかけたのに、もう諦めなくてはならないのだろうか。いや、仮に清芽が悪霊に狙われることがなくなっても、それで「一緒に生きていく」という約束が違《たが》えられるとは思わない。それほど軽い気持ちで言えるセリフではないだろう。

『そんな問いかけは無用だ』

どうしても不安を消せない明良に、素っ気なく凱斗は言った。あの自信は、一体どこからくるのか。何故、ああまで清芽を信用できるのだろう。

あの時、明良は悟ったのだった。

凱斗は決して兄を諦めないだろうし、清芽の心が凱斗にあるのは変えようがない。どんなに理性で抑えようとしても、二人が互いへ手を伸ばすのは時間の問題だ。

「僕が――何百年と生まれ続けた僕たちが、ずっとお母さんを育ててきた。彼女の呪詛が絶えることのないよう、恐怖と憎悪を喰わせ続けてきた。何故だかわかりますか？」

揺れる炎の中心から、悠一郎が話しかける。

引きずられる。耳を傾けてはいけない。一緒になんか行かない。

「彼女が、それを必要としたからです。月夜野を末代まで祟り殺す、その手助けをする葉室家の直系を悪霊に喰わせる、その妄執を叶えるには何百年と待たねばならない。それには、呪力が足りなかった。あまつさえ、月夜野の一族は代替わりの呪法まで用いて対抗しようとしている。だから、僕たちが代々に亘《わた》って叶えてあげたんです。彼女の望むままに、呪力の源を供給し続けた。ねぇ、わかるでしょう？　そのために、僕たちは生を受けたんですよ。一度死んだ赤子が息を吹き返したのは、祟り巫女の呪詛を成就させるためなんだ」

「なん……だって……」

意味がわからなかった。いくら望まれ、そのために生を受けたからと言って、何代にも亘って応え続けるなんて馬鹿げている。それとも、他に理由があるのだろうか。祟り巫女に呪力を与える、赤子たちだけの特別な『何か』が。

「面白いから」

屈託のない笑顔を、悠一郎は見せた。

「道理なんか必要ない。たくさんの僕は、たくさんの面白いものを見てきた。月夜野の一族がお母さんを恐れ、右往左往する様を遠くから眺めて楽しんだ。面白いんだ、人が恐怖に慄《おのの》く顔が。警察も法律も守ってくれない、呪詛という世界でのゲームが」

「………」

「次々と代替わりする僕たちは、みんな同じ思考だった。もっとも、途中で降りようなんて考えても無駄だよ。怒り狂ったお母さんに、何をされるかわからないからね。だけど、どの僕も良い子どもだったと思うなあ。だって、お母さんには感謝してるもの。僕たちは、お母さんが必要としたから生きてこられた。この気持ち、明良くんならわかると思うな。誰かに必要とされなければ、生まれてきた意味がないでしょう?」

「だったら……どうして代わりの器を……」

滔々《とうとう》と語る口調は、滑らかな詩を詠《よ》むようだ。芯から底冷えし、明良は唇を震わせた。

「だって、月夜野はもう死にます。お母さんの呪詛は、半ば完成したも同然だ。巻き添えで穢れを浴びた連中には気の毒だったけど、彼らを祟り殺したら餌をやる必要は無くなるんです。だけど、全てが終わっても僕は生きていかなきゃいけない。残念だけど」

「………」

「だから、新しいお母さんを作っておいたんです。僕を必要とする、僕が生きている意味を教えてくれるお母さんをね。でも、本当に良かった。お母さんの呪詛は特別だから、まさか呪詛返しを成功させるなんて思わなかったし。備えあれば患《うれ》いなしだな」

「本当にそれだけか？」

何かがおかしい。どうしても納得がいかない。

面白いから――その動機が嘘だとは思わなかった。現に、悠一郎はまともじゃない。たとえ相手が怨霊であっても、己が存在する意味を与えてくれるなら、と思う気持ちは今の明良には痛いほどにわかる。けれど、何代にも亘って全員が同じように考え、巫女の憎悪に呼応するなんてことが本当にありうるのだろうか。

「おや、明良くんは僕を疑うんですか？」

悠一郎は、何故か嬉しそうに笑った。

「でもね、君にもわかりますよ――僕と一緒に来ればね」

どうですか、と同意を求められ、明良の中に迷いが生まれる。

このまま帰っても、元の木阿弥《もくあみ》だ。

今度はいつ奪われるのかと、不安に怯える日々が始まるだけだ。

だけど……――。

「明良くん」

暗い焔を超えて差し伸べられる手を、明良は魅入られたように見つめていた。

いつの間にか、空が白みかけていた。

早朝の空気を深々と吸い込み、清芽は万感の思いを込めて吐き出す。祟り巫女は消滅し、その禍々しい気配は綺麗に消え去っていた。全てが終わり、また新しい日が始まる。そんなありふれた言葉が、こんなにも胸に染みる夜明けはなかった。

「センセエ！」

くったりと抜け殻のように座り込んでいた煉が、朝日と共に復活する。彼は高揚した面持ちで駆け寄るなり、「すっげぇよ！」と景気よく清芽の背中を叩いた。

「やったじゃん！〝加護〟使いこなしたじゃん！」

「あいたた……」

「俺、めっちゃアガッた！　やっぱ神格に近いって凄いな！　あんなに俺たちを苦しめた祟り巫女が一瞬で塵《ちり》だもんなっ。く〜っ、明良さん初登場以来のインパクトだよ！」

「あ……ありがとう」

「清芽さん！」

思い切り叩いたな、と苦笑いで礼を言った直後、遅れて走ってきた尊が飛びついてくる。不意を衝かれてバランスを崩した清芽は、尊を抱き抱えたまま尻餅《しりもち》をついてしまった。

「痛――ッ」

「お疲れさまでした！　清芽さん、カッコ良かったです！」

頬を紅潮させ、目をきらきら輝かせてはしゃぐ姿は可憐な美少女そのものだ。危ういところを助けられただけに、その歓喜っぷりも激しかった。

「おいおい、尊あぶねーだろ」

呆れた様子で煉が窘《たしな》めたのでホッとしたのも束の間、彼まで傍らにしゃがみ込み、今度は二人で「凄い凄い」とくり返す。普段、あまり褒められていない清芽は対応に困ってしまい、くすくす笑って眺めている櫛笥へ助けを求めた。

「まぁまぁ、仕方ないよ。実際、僕も凄いとしか言いようがなかった。〝加護〟の発動は何度も見てきたけど、意図的に扱うとあんな感じになるんだね。うん、勝てる気がしない」

「櫛笥さんまで……もういいですよ。たまたま上手くいっただけかもしれないし」

「そんなこと言わないで。有言実行したんだから、もっと誇っていいんだよ」

ぽいぽい、と笑顔で煉と尊を引き剝がし、手を貸して起こしてくれる。

その仕草は優美であると同時に紳士的で、葉室家の台所でウキウキとエプロンをつけて料理している人物にはとても見えなかった。

「月夜野さんは……祟り巫女と一緒に消滅したんでしょうか」

「…………」

元気よくじゃれ合う西四辻の二人を見ながら、清芽は控えめに尋ねてみる。櫛笥は黙っていたが、答えなど本当はもうわかっていた。

彼は、悪霊と共に果てたのだ。

病院で眠る肉体も、恐らく同時刻に鼓動を止めただろう。

前回とは段違いに呪の効き目が強かったのは、明良が悠一郎を押さえていたことに加え、月夜野が助かろうとしなかったことが要因だと思う。『俺を喰え』と迫った、あの言葉がそれを物語っていた。彼は、尊に憑依した時点で覚悟を決めていたのだ。

「悲しい？」

今度は、櫛笥がこちらを見ずに訊いてきた。

「わかりません……いえ」

「…………」

「虚しいです」

嘘偽りのない気持ちを、清芽はポツリと呟いた。。

「ふぅ……」

さんざん持ち上げられて、さすがに疲れた。

まだ呪詛返しの興奮冷めやらぬ彼らから少し離れて、清芽は山林の奥へ逃げ込んだ。木漏《こも》れ日《び》が頭上から降り注ぎ、今日は秋晴れの上天気になりそうだ。

「そうだ、明良……」

彼に限って万一という心配はないと思うが、連絡しなくちゃと携帯電話を取り出す。そこへ誰かの足音がしたので、清芽は何の気なしに視線を向けた。

「——凱斗」

「とりあえず終わったな」

その眼差しに懐かしい色を見つけ、清芽の心臓が小さく跳ねる。

もしかしたら、呪詛が消えて記憶が戻ったのだろうか。

一瞬そんな期待が生まれたが、慌てて無理やり打ち消した。あれほど記憶が戻るのを熱望していたけれど、自分にはもう関係がない。

すでに、選択は終えたのだ。

たとえ後悔することになっても、絶対に振り返らないと決めていた。

「お疲れ様……って言い方も変だけど。でも、終わったね」

「ああ」

言葉少なに答え、凱斗は隣に並んだ。どういうつもりだろう、と困惑し、懸命に表情を取り繕う。ひどく所在無げな気分に襲われ、たちまち口が重くなった。

「あの……凱斗……」

「記憶なら、戻らないままだぞ」

「え？」

「俺も期待したんだが、やっぱりおまえのことは思い出せない。……悪いな」

「…………」

あっさりと先手を取られ、清芽は惚《ほう》けたように彼を見る。思い出せないと言われ、むしろ安堵していいはずなのに、どういうわけか淋しさで胸が潰れそうだった。

「いい朝だ」

深く息を吸い込み、凱斗は静かに目を閉じた。

――黙禱《もくとう》だ。

悼《いた》む想いが清芽にも伝わってきて、自然と目頭が熱くなる。

本当なら、ここにもう一人いるべき人がいる。だけど、彼はもう彼岸の住人だ。

「凱斗は、佐原教授の最期を見送ったんだよね」

「魂、という意味でならそうだな。……死に目には間に合わなかった。今も悔やんでいる」

苦い感情が瞳に浮かび、彼がどれほど傷心しているか痛いほどわかった。呪詛返しが済んだら佐原の研究室へ行きたい、と言っていたくらいなのだ。他人とは距離を置きがちな凱斗が、そんなことを進んで言うのは珍しかった。

「結局、ウヤムヤのままになってしまったが……」

「え？」

「悠一郎の言葉だ。佐原教授に向かって〝貴方なら、わかるはずだ〟と言っていただろう？」

「ああ……うん」

祟り巫女の呪詛を成就させるため、赤子は何百年も命を繋ぎ、彼女へ呪力を供給した。そんな真似をして何になるのか、と佐原は首を捻《ひね》り、その理由が呪詛返しを成功へ導くヒントになるのではないか、と話していた。

「あくまで俺の憶測に過ぎないが……」

凱斗は、静かな口調で語り出した。

「佐原教授は、好奇心旺盛な人物だった。様々なものに興味を持ち、幼い子どものように夢中になって学問へ繋げていく。そうやって、斬新な論文を幾つも発表してきた。悠一郎は、彼の言動からその一端を感じ取り、ああいう言い方をしたんじゃないかと思う」

「それ、どういう意味？」

「自分が面白いと感じたことを、佐原教授なら理解できる、と考えたんだ。逆に言えば、そこから悠一郎の……いや代々の赤子たちの真の動機が辿れるだろう、と」

「…………」

「残念ながら、佐原教授本人から聞くことはもうできないが」

祟り巫女が調伏された以上、今後悠一郎から接触をしてこない限り、もうこの件で煩《わずら》わされる必要はない。だから考えても仕方ないんだが、と凱斗は溜め息をついた。

「ところで、おまえの方はどうなんだ？　魂にかけられた呪詛が消えたなら、〝加護〟も一緒になくなっているかもしれないぞ。そうしたら、もう使いこなす努力もいらなくなる」

「〝加護〟が消える……」

「惜しいな。さっきの勇姿が、最初で最後になるなんて」

軽く揶揄《やゆ》を含んではいたが、そこには素直な賞賛の響きがある。無我夢中でろくに覚えてはいなかったが、やっと実感が湧いてきた。確かに、自分は意識的に〝加護〟を使えたのだ。

「消えたかどうか、まだよくわからないけど……」

戸惑いつつ、清芽は答えた。

〝加護〟が明良を弾いたのが、彼を選ぶ引き金になった。コントロールできない限り、明良に絶望を強いることになるからだ。だが、もし消えたのなら、もうその心配はなくなる。そうかと言って約束を撤回する気など毛頭ないが、明良の心情はわからなかった。

そして、もう一つ。ずっと引っかかっていることがある。

東京のマンションで悪霊に襲われた時、〝加護〟が働かなかった理由だ。やはり、明良の生霊が何か作用したのだろうか。そこまでの力が、彼にはあるのだろうか。

その問題から目を背けている間は、本当の意味で使いこなしたことにはならない気がする。

そんな不安を抱きながら、清芽は深々と息を吐いた。

「そうか、呪詛返しの成功が〝加護〟の消滅になる可能性もあったんだ……」

大事なことなのに、あまりに追い詰められすぎてすっかり頭から抜け落ちていた。自分のマヌケさ加減に愕然《がくぜん》としていると、凱斗が「先に戻ってる」と気を利かせてくれる。あるいは〝加護〟の有無は重大な問題なのに呑気《のんき》な奴だ、と呆れたのかもしれない。

「戻らなかった……のか……」

踵《きびす》を返して歩き出す背中を、落胆の思いで見送った。

どこに行っていたのかと、櫛笥たちが口々に声をかけているのが聞こえる。

『記憶なら、戻らないままだぞ』

まるで追及を避けるような、先刻の声を思い出した。

呪詛は消えたはずなのに、そんなことがあるだろうか。そんな思いは捨てきれないが、これ以上考えるのはよそうと思った。自分は明良と生きていくと決めたのだし、二度と彼を傷つけないと誓ったのだ。

「凱斗……好きだよ」

明るくなった空を背景に、清芽はそっと凱斗に別れを告げた。

今度こそ、本当にさようならだ。

心が、張り裂けそうに痛かった。

それをごまかすように、明良が帰ってきたら約束を果たさなきゃ、と呟く。〝加護〟があってもなくても、兄として彼を抱き締めることができるのは嬉しかった。

——そう、兄として。

「清芽くん、帰ろうか。明良くんが戻ったら、皆で出迎えてあげなくちゃ」

戻ってきた清芽に、櫛笥が微笑んで手を振ってくる。

その向こうでは、煉と尊が「早く早く」と呼んでいた。

凱斗だけが俯《うつむ》いて、何かごそごそやっている。何だろう、と目を凝らした次の瞬間、清芽は息が止まりそうになった。みるみる涙が滲《にじ》んできて、零《こぼ》すまいと必死になる。

「あ、ずるい。二荒さん、自分一人だけチョコ食ってる！」

「ホントだ。いつの間に用意したんですか」

清芽の涙には気づかず、煉と尊がわぁわぁ騒いでいた。

昨日とは、まるで違う朝がやってくる。

苦笑いをする凱斗の右手には、見覚えのあるチョコレートの箱が握られていた。

# あとがき

こんにちは、神奈木智《かんなぎさとる》です。ちょっとご無沙汰《ぶさた》しておりました。

まずは、読んでくださった方に心からお礼を申し上げます。本当に、ありがとうございました。そして、前作から待っていてくださった方には心からお詫《わ》び致します。間を空けずに続きをお届けすると言っていたのに、一年以上たってしまって申し訳ありませんでした。これは、ひとえに私の責任でして、結果として周囲の皆さまにもたくさん迷惑をかけてしまいました。この本がお届けできたのは、イラストのみずかねりょう様を始めとするお仕事関係の方々のご協力とご尽力があってこそです。この場を借りて、感謝をお伝えしたいと思います。

特に、みずかね様には大変お忙しい中、本当に本当にお世話になりました。御存じの通り、このシリーズはホラー要素が強いです。読者を選ぶ題材でありながら巻数を重ねてこられたのは、みずかね様の美しくドラマティックなイラストのお蔭と言っても過言ではありません。私自身、美麗なキャラを拝見するたび、幸せとやる気をいただいています。今作を書く際は、既刊の素敵な表紙をずらっと並べて奮起しておりました。どうもありがとうございました。

さて、内容についても少し。ここから、ちょっとネタバレになります。

今回はいつも以上に、読者の皆様の反応が心配な巻となりました。いや〜、私も二十年ＢＬ書いてきましたが、今回のような展開になったのは初めてです。ドキドキするし、人によっては反発を呼ぶのでは……という不安もありました。けれど、執筆をしている中でキャラたちが自然な流れで選択した結果です。作者といえど、捻じ曲げることはできません。もちろん、これが彼らの終着点ではありませんし、まだまだ不穏な匂いは残っています。でも、物語として最善の着地を目指して頑張りたいと思っているので、どうかもう少しだけお付き合いください。

また、感想などいただけると次作への大きな励みとなります。どんな形でも構わないので、何かありましたら、どうかお気軽にお寄せくださいね。

最後に。ここ二年ほど、思うように執筆が進まなかったり体調を崩したりで、小説の仕事が休みがちになっていました。そんな私を見捨てることなく、根気よく脱稿まで導いてくださった担当様にはとても感謝しています。書きたい気持ちが空回りしていた間も、番外編やショートなどで守護者の世界と触れる機会を何度も作ってくださいました。今回、久しぶりに本編に入っても戸惑うことなく没頭できたのは、そういった担当様の支えがあったからです。少しずつ調子が戻ってきたので、これから御恩返しができるように頑張りたいです。

今は、とにかく本が出せる喜びでいっぱいです。そして、読んだ皆様が楽しんでくれることを祈るばかりです。あと、怖がってくれたら更に嬉しいです（笑）。次こそ早めにお届けできるように頑張りますので、ぜひまたよろしくお願い致します。

ではでは、またの機会にお会い致しましょう――。

神奈木　智拝

https://twitter.com/skannagi

※参考文献
呪術探究〈巻の一〉死の呪法、呪術探究〈巻の二〉呪詛返し、呪術探究〈巻の三〉忍び寄る魔を退ける結界法（呪術探求編集部・原書房）、呪術・占いのすべて——「歴史に伏流する闇の系譜」を探究する！（瓜生中・渋谷申博　著・日本文芸社）、呪術・霊符の秘儀秘伝［実践講座］（大宮司郎　著・ビイングネットプレス：増補版）、日本の神々の事典——神道祭祀と八百万の神々（学研）、図説日本呪術全書（豊島泰国　著・原書房）、印と真言の本（学研）、加持祈禱の本（学研）、図説 神佛祈禱の道具（原書房）、呪いと祟りの日本古代史（東京書籍）

この本を読んでのご意見、ご感想を編集部までお寄せください。

《あて先》〒105－8055　東京都港区芝大門2－2－1　徳間書店　キャラ編集部気付
「守護者がいだく破邪の光」係

Chara

# 守護者がいだく破邪の光

■初出一覧
守護者がいだく破邪の光……書き下ろし


守護者がいだく破邪の光……【キャラ文庫】

2016年10月31日 初刷

著者 神奈木 智
発行者 川田 修
発行所 株式会社徳間書店
〒105-8055 東京都港区芝大門2-2-1
電話 048-451-5960（販売部）
03-5403-4348（編集部）
振替 00140-0-44392

印刷・製本 図書印刷株式会社
カバー・口絵 近代美術株式会社
デザイン 百足屋ユウコ（ムシカゴグラフィクス）





ISBN978-4-19-900854-2

# 神奈木 智の本

好評発売中

## ［守護者がめざめる逢魔が時］

シリーズ1～3 以下続刊

イラスト✦みずかねりょう

一週間以内に、屋敷に取り憑いた怨霊を祓え――高額の報酬に釣られ、胡散臭いバイトを受けてしまった大学生の清芽《せいが》。街中で偶然怪我をさせた男・凱斗《かいと》に同行を頼まれてしまったのだ。ところが訪れた屋敷には、若く有能な霊能力者達が勢揃い!! 霊感の欠片もないのに、あるフリなんかできるのか!? 不安に駆られる清芽に、凱斗は「俺が選んだのはおまえだ」となぜか謎めいた言葉を囁いてきて!?

# 神奈木 智の本

神奈木智
イラスト◆みずかねりょう
Satoru Kannagi Presents
守護者がさまよう記憶の迷路
兄さんをこれ以上泣かせるなら
俺がおまえを呪殺してやる——
キャラ文庫

好評発売中

**［守護者がさまよう記憶の迷路**
**守護者がめざめる逢魔が時4］**

イラスト✦みずかねりょう

巫女の怨霊との戦いで、呪詛返しは失敗!! 神隠しから生還した凱斗《かいと》は、なんと記憶喪失で、清芽《せいが》の存在のみ記憶を抉り取られていた!? 赤の他人を見る冷たい眼差しと辛辣な言葉のトゲ——。恋人の拒絶に傷つく清芽だけれど、巫女の復活の時が迫っている。凱斗を取り戻したい清芽は、呪詛返しのやり直しを決意!! そんな清芽を見守る明良《あきら》は、兄の意識を独占する凱斗へ嫉妬と苛立ちを隠せずに!?